QUEL EFFET BIZARRE
FAITES-VOUS SUR MON CŒUR

CHRISTINE ORBAN

QUEL EFFET BIZARRE FAITES-VOUS SUR MON CŒUR

roman

ALBIN MICHEL

De C. à O.

« Je me réveille plein de toi. Ton portrait et l'enivrante soirée d'hier n'ont point laissé de repos à mes sens.

Douce et incomparable Joséphine, quel effet bizarre faites-vous sur mon cœur. »

Lettre de Napoléon à Joséphine,
octobre 1795 (?)

« Toujours lui ! Lui partout !
– Ou brûlante ou glacée,
Son image toujours ébranle ma pensée.
Il verse à mon esprit le souffle créateur. »

Victor Hugo, « Lui », *Les Orientales*,
décembre 1827

Enfin une lettre de toi, retenu à l'île d'Elbe. Comment est-ce possible ? Je n'aurais jamais imaginé qu'un jour tu serais exilé et moi répudiée. Que de douleurs nous avons traversées pour en arriver là.

On me connaît mal, dis-tu dans ta lettre. Tu te prépares à substituer ta plume à l'épée, voilà presque une bonne nouvelle. Puisque nous devons être jugés, soyons-le pour ce que nous sommes. Moi, je n'ai pas de comptes à rendre à l'Histoire. À toi seulement. C'est pourquoi j'entreprends de t'écrire. De te raconter ma vie depuis ce funeste dîner où tu décidas de la séparer de la tienne.

On me disait lascive, infidèle, dépensière, futile, seule la méchanceté ne m'a pas été imputée. La bonté a-t-elle si mauvaise réputation pour qu'on daigne me l'accorder ?

Mais qu'importent dans les circonstances d'aujourd'hui les médisances d'hier ! J'ai parfois vécu dans le mensonge. Mourir dans la vérité est le moins que je puisse faire.

J'aurais dû subir le sort de Marie-Antoinette et celui de mon mari Alexandre de Beauharnais. Tu ne devrais jamais oublier que j'ai entendu avec effroi mon nom prononcé par les bourreaux, parmi d'autres condamnées.

Quand votre gorge a manqué être tranchée pour une particule, il est difficile de garder le sens commun. Rien n'est plus comme avant. Je ne suis pas une femme comme les autres, je suis une femme accidentée. Quand te parviendront ces quelques feuilles, tu ne devras pas te souvenir de moi selon les critères d'une épouse normale. La vie m'a blessée. Mes lésions n'ont pas été visibles de l'extérieur comme celles de tes soldats. Mes blessures n'ont pas saigné. Même le sang des femmes ne s'écoule plus de mon corps depuis l'approche de l'échafaud. Il est probable que je ne puis avoir d'enfant depuis cet instant.

Quand mon heure viendra, j'aurai moins à perdre, une partie de moi est restée à la prison des Carmes. Une partie de moi est morte, même si je suis passée à côté de la lame. C'est la morte en moi qui n'a peur de rien, ni de la rumeur ni des lois. La morte se fiche des vivants et de leurs conventions, la morte piétine, saccage, se moque, ravage.

Bonaparte, sais-tu que tu as épousé une moitié de femme ? Tu as aimé une moitié et détesté l'autre. Moi aussi.

Tu triomphais des vivants, mais capitulais devant la défunte. Josèphe Rose emporta Joséphine, tu fus impuissant à l'arrêter.

Aujourd'hui je suis revenue en moi tout entière. Josèphe Rose et Joséphine sont enfin réconciliées en une seule personne, mais trop tard. Tu ne m'entends plus, tu n'es plus là.

Celle que je suis devenue aujourd'hui aimerait ton pardon.

Dieu me laissera-t-il le temps d'expier mes fautes par la confession ?

Ma vie s'achève, tu ne m'auras point connue trop amoindrie. Des Trois-Îlets en Martinique où je suis née à la Malmaison, la route fut aussi improbable que celle qui te mena d'Ajaccio à Notre-Dame... Fêterai-je encore mon anniversaire le 23 juin ? La lassitude aura raison de moi, je ne sais pas bien vivre loin de toi.

Les médecins ne comprennent pas qu'il n'y a rien à faire contre cet affaissement de ma volonté. Mes ennemis me reprocheront ma nature indolente et diront que je me laisse aller à mon chagrin. Quand la mort m'aura emportée, Eugène, mon fils, te remettra ce cahier écrit pour toi seul.

Le temps presse, j'espère ne pas fermer les yeux avant d'avoir fini de t'écrire.

Quand ces pages te parviendront, tu te diras : Tiens, *le joli petit monstre* pouvait écrire ! Elle a attendu d'être malade pour enfin prendre la plume ! Tu te souviendras de l'époque où tu donnais tes lettres à la hâte à un coursier, seul sous ta tente, sous les obus, dans le froid, espérant une réponse qui n'arrivait pas. Joséphine est à Paris, pensais-tu, Joséphine dort dans un lit bien douillet et, quand la nuit tombe, Joséphine se maquille, se pare, porte ses bijoux, elle se fait belle pour aller dîner, danser, s'amuser loin de moi, qui attends une lettre qui ne vient jamais. La colère mal éteinte t'habitera à nouveau, t'aidera à détester ta pauvre femme répudiée, exilée dans sa demeure de la Malmaison où nous fûmes si heureux ensemble.

Je suis vieille. Ce sentiment me dérange moins qu'il ne déplaît aux autres femmes. Peut-être parce qu'il ne m'a jamais quittée. Je suis née avec six ans de trop, six ans de plus que toi, trois ans de moins à peine que mon premier mari. Me marier avec un homme plus jeune m'a poussée à bien des coquetteries, je devais rattraper ce que le temps me volait par la ruse et l'artifice.

J'ai toujours été en retard. Quand je suis arrivée en France, les autres femmes connaissaient déjà les habitudes de la vie en société. J'étais en retard d'une enfance française, seule mon éducation m'avait enseigné quelques manières qui me permettaient de faire bonne figure à Paris.

J'ai perdu ce sentiment le jour où j'ai osé m'approcher de moi, où j'ai joué de mes origines créoles, de mes désavantages, de ma culture différente. J'avais connu deux pays, deux sociétés, deux façons de se comporter.

Rien ne sert de s'insurger contre le sort, de lui déclarer la guerre.

Si je n'avais pas été plus âgée que toi, si je n'avais pas été mariée à un militaire de l'Ancien Régime, si je n'avais acquis la grâce de recevoir, il est probable que je ne t'aurais pas intéressé. Alors pourquoi blâmer ce que tu as aimé ?

Aurais-je gardé mon mari si mon corps avait pu lui donner un héritier ? Aurais-je gardé l'empereur, et perdu l'amant ? Trop de sollicitations autour de toi, trop de rumeurs autour de moi auraient eu quand même raison de nous.

Mon amour allait grandissant, le tien diminuait avec le temps.

Nos sentiments s'inversaient, il en est souvent ainsi des hommes et des femmes. Les années cumulées les lassent, tandis qu'elles nous attachent. Avec le temps, les femmes ont besoin de protection, les hommes de renouveau. Tu vois, on se croit unique et nous agissons comme le commun des mortels.

Je ne m'insurge de rien, je ne te fais pas de reproches, je te comprends. Mais je crois au plus profond de mon âme que nous étions destinés à vivre ensemble jusqu'à notre dernier soupir. N'est-ce pas l'opinion de tes braves ? On ne contredit pas le destin, pas même toi, Bonaparte. La Providence qui nous avait placés sur le même chemin nous a séparés. La chance demeurait près de nous, mariés. Était-ce la condition que notre bonne étoile nous imposait ? Nous nous étions choisis vite, sans raison d'État, sans politique. Tu étais un jeune général, j'étais une femme de l'Ancien Régime. Quand tu m'as quittée, la chance nous a abandonnés. Nos destins étaient donc liés.

Les larmes que tu as versées me prouvaient ton amour. La plus rude de tes batailles, c'est contre toi-même que tu l'as livrée. Tu as gagné, non sans dommages. Pour la première fois, une partie de toi a déserté l'autre, tu as fui cette guerre-là. Ce n'est pas ta voix qui a prononcé le mot « divorce ». Je l'entends encore résonner dans la salle à manger des Tuileries, c'était une voix que je ne connaissais pas. Depuis ce 30 novembre 1809, il y a cinq ans, elle n'a cessé de me réveiller la nuit. À qui appartient-elle, cette voix ? À l'État ? À la raison d'État ?

Tu te retournais contre ton propre cœur. Sans ton armure invisible, tu aurais capitulé. Les sentiments t'auraient emporté. Les larmes que t'a coûtées cette résolution devraient suffire à ma gloire. Je me fiche de la gloire, il n'en reste rien quand l'amour est parti.

Combien de fois le mot « divorce » a-t-il résonné dans ma tête depuis que tu l'as prononcé ? Des milliers de fois. J'ai été battue, flagellée par un mot. Quand mon esprit sortira-t-il du tourbillon dans lequel la douleur le tient prisonnier ? Quelques secondes avant d'expirer, j'aimerais t'entendre me redire : *Joséphine, quel effet bizarre faites-vous sur mon cœur*. Alors je m'endormirais aussi *contente* que tu me souhaitais, emportant avec moi ces mots pour l'éternité.

Ma main tremble. Il fait si froid dans ma chambre malgré les flammes qui dansent au fond de la cheminée. Tout chancelle autour de moi depuis ce dîner en tête à tête où tu me demandas de ne jamais douter de ton amour. Tu jurais de m'aimer, de me rendre heureuse, de ne jamais rien faire qui puisse me contrarier. Mais si ma main tremble, Bonaparte, c'est à cause du supplice que tu m'as fait subir.

Il n'y avait aucun autre témoin, que nous, et déjà beaucoup se glorifient d'y avoir assisté. À commencer par Bausset, le préfet du Palais, et Constant, ton valet, qui se targuent de tout avoir entendu derrière la porte, alors que tu avais pris soin de bien la fermer.

Je ne voulais pas me rendre à ce dîner. J'ai tout tenté pour l'éviter. J'envoyai Mlle Avrillion pour savoir si je pouvais venir avec les enfants. Hortense et Eugène

Je marche derrière Bausset, il se retourne l'air sévère, pour s'assurer que je ne me suis pas échappée. Son visage m'offre un petit aperçu de ma condition, depuis notre séparation.

Que ressentiras-tu assis en face de moi, un sentiment d'échec ou de victoire ? Tu te réjouiras de la place libérée pour une autre, une femme fertile, mieux née, porteuse de puissance et de paix. Où est passé l'amour ? Tu me répudies, tu ne sais pas encore pour qui, tu sais juste que tu ne resteras pas seul, que les princesses du monde entier se battront pour devenir impératrice des Français à tes côtés.

J'avais dépensé cette année-là trois cent cinquante mille francs dans mes toilettes. Je ne voulais pas thésauriser, mais j'éprouvais le besoin de paraître belle, cumuler toutes les chances de te séduire. Si j'étais répudiée, je voulais laisser un joli souvenir pour que les comparaisons avec l'impératrice qui me succéderait tournent à mon avantage.

Un secret espoir traversa mon esprit : Et si *le montant exorbitant de mes dépenses* était la raison de ma convocation ? L'idée m'apporta quelque apaisement et je marchai d'un pas plus déterminé. Je répondrais pour étaient parvenus à me sauver lors de ta première tentative de divorce, après l'affaire Hippolyte Charles. Mais elle revint porteuse d'une nouvelle négative. Tu m'appelais *Madame Négative* sous prétexte que je me faisais toujours prier – une précaution, une simple défense, pensais-tu… Petite coquetterie de ma part, je le confesse. À partir de cet instant, c'était toi Monsieur Négatif.

Tu me voulais, seule, tu savais que mes enfants auraient une fois de plus influencé ta décision. Seule, j'étais une proie facile, je n'avais plus aucun pouvoir sur toi. Tu savais que tu aurais du mal à me rejeter devant eux, tu n'aurais pas supporté de voir pleurer Hortense, encore moins Eugène qui en campagne t'avait toujours servi avec fidélité.

Personne ne devait te fragiliser. Tu avais suffisamment de griefs contre moi pour qu'aucune pitié ne t'empêche de m'annoncer ta décision.

Mlle Avrillion était désolée : l'empereur m'attendait et je devais me dépêcher. Pour me donner du courage, elle m'adressa quelques compliments sur mon allure.

L'heure avait sonné. Je n'avais plus le choix. Si je refusais, j'avais l'impression que tu me ferais traîner comme le pauvre duc d'Enghien devant le peloton d'exécution. Sa mort devait terroriser les royalistes et préparer ton propre couronnement, n'est-ce pas ? Ton second sacre, tu y pensais déjà en posant la tiare sur ma tête…

Je suis souffrante, mais je ne souffre d'aucun mal réel. Je suis atteinte d'une maladie qui ne se manifeste par aucun signe extérieur. Mon mal est dedans, invisible au regard des autres. Comment expliquer aux médecins qui se succèdent à mon chevet ce poids sur la poitrine, comme si les Tuileries tout entières reposaient sur mon sein ?

Tu exiges ma présence. Mon état de santé ne te soucie plus, la raison d'État sonne à ma porte comme le glas.

Le dîner était fixé à dix-huit heures dans la grande salle à manger des Tuileries. Pas de discussion possible.

Quand M. de Bausset vint dans mes appartements nous transmettre l'ordre de l'empereur, mes femmes de chambre me regardèrent effrayées. Quelque chose d'inhabituel, de cavalier même dans l'attitude des valets, quelque chose qui dépassait le commun des mortels se préparait et il fallait faire face.

Un sombre pressentiment paralysait mes membres. Les mauvais esprits s'amusaient des rumeurs de mon divorce depuis si longtemps… Bausset avait l'assurance du confident qu'il n'était pas.

– *Majesté, l'empereur vous attend.*

Majesté, pour la dernière fois.

L'empereur m'attendait, pour la dernière fois aussi.

Je me retournai vers mes dames : étais-je prête ?

Je jouais mon dernier acte.

Elles m'examinèrent, finirent par trouver un nœud à refaire, n'importe quoi pour me retenir.

Encore un instant, juste un instant… un dernier coup d'œil dans la psyché, pour retarder le départ. J'avais si peur, je déplaçai une des mèches défaites qui tombaient en cascade autour de mon visage, rajustai la guirlande sur mon front et le ruban de velours noir qui soulignait ma poitrine.

Vaine coquetterie.

Je vacille, un dernier petit malaise me retient, les dames referment la porte, mais Bausset tape sans pitié. C'est toi qui as armé son poing : *Bausset, ne vous laissez pas attendrir… Sa présence est exigée.* Tu ordonnes, nous devons obéir, nous devons tous obéir.

– *Majesté, je vous accompagne ?* me demanda Mlle Avrillion.

Je devais m'y rendre seule. Comme au sacrifice.

Je me retournai vers Bausset et d'un signe de tête lui indiquai que j'étais prête.

Je lui emboîtais le pas. D'une démarche aussi incertaine que celle qui me guidait vers la guillotine, je suivis mon bourreau. Le sol se dérobait, les dalles noires et blanches semblaient s'affaisser sous mes pieds.

J'avais eu la chance de m'évanouir en face de la guillotine. Ce soir-là, mon corps m'abandonnait mais mon esprit résistait encore, il menait sa dernière bataille, et les pauvres arguments qui lui restaient tournaient en moi en une boucle aussi répétitive que le mouvement de la roue d'un carrosse. Sur ce chemin qui me parut plus long qu'il n'était, je m'aperçus pour la première fois qu'il n'y avait pas de fauteuil, pas de canapé pour reprendre mon souffle, juste le sol glacé où je me fracasserais le dos si je glissais. Un jeune médecin hongrois m'avait rattrapée lorsque j'avais chancelé face à l'imminence de l'échafaud. Il avait argué que l'on ne pouvait porter au supplice une femme sans conscience. La date de ma condamnation avait été reportée. La chute de Robespierre m'avait sauvé la vie. Cette fois, pas de Révolution, pas de jeune médecin au cœur tendre et plein de pitié. Si je m'étais évanouie, ton cher Corvisart m'aurait vite rétablie et poussée vers toi, mon bourreau, sans état d'âme.

Je ne perdis pas connaissance, pourtant ta décision m'effrayait plus que la guillotine. Mon charme viendrait-il au secours de mes arguments si tu les repoussais ?

J'avais trop abusé des larmes et de la féminité.

Je voulais être belle pour que tu te souviennes de nos nuits et que tu hésites encore avant de me condamner.

Nos nuits… Tu disais : *Je puise sur vos lèvres, sur*

votre cœur une flamme qui me brûle. Tu disais : *Jamais femme ne fut aimée avec plus de dévouement, de feu et de tendresse.* Tu disais tant de mots passionnés.

Saurais-je rallumer cette flamme ?

Je m'étais vêtue comme pour un tête-à-tête amoureux après une de nos longues séparations. J'avais abusé du fard à joues, mais tu aimais l'artifice.

Je relevais ma traîne couleur d'étang tandis que je traversais les galeries. Le temps des robes blanches à petites manches était révolu, la fraîcheur de la mousseline accuserait la fatigue de mes traits. Une dizaine de corbeilles m'avaient été présentées. Les robes y gisaient, inanimées, certaines d'entre elles n'avaient jamais été portées. Les mauvaises langues racontaient que j'engrangeais des vêtements en prévision de ma future éviction. J'avais exclu toute la magnificence imposée par toi à la cour, je n'en faisais déjà plus partie. J'inventais ma mode, Louis Hippolyte Leroy, mon couturier, exécutait les modèles.

Une grande simplicité de mise était de rigueur. L'uni avait ma préférence. J'avais choisi une étoffe couleur de larmes.

On m'avait présenté des parures. J'en possédais quatorze complètes, dont la moitié serties de diamants. J'avais renvoyé les rubis, les lapis-lazulis, les aigues-marines, trop colorés pour la circonstance. J'avais hésité entre une parure ornée d'opales, une autre de pierres antiques gravées et celle en camées sur coquille blanche. Les opales feraient l'affaire pour ce funeste dîner.

Si notre divorce était annoncé, je ne porterais plus de pierres. Je n'en aurais plus le goût ni l'usage, un seul collier et une paire de boucles d'oreilles en perles me suffiraient jusqu'à mon dernier soupir. Mes bijoux estimés à trois millions de francs resteraient au coffre pour mes enfants.

Je n'avais jamais pensé qu'un jour je choisirais une robe pour être répudiée. J'avais attaché dans mes cheveux un épi de blé que tu m'avais offert pour te rappeler nos jours heureux. Il aurait été malvenu de porter une couronne au moment où tu voulais me l'ôter.

As-tu remarqué l'épi ? Dis-moi, Bonaparte, as-tu vu ce petit signe que je t'adressais ?

Le soir du couronnement, nous soupions tous les deux dans ce même salon où tu allais m'annoncer mon éviction. Tu m'avais demandé de garder la couronne, malgré son poids et la migraine qu'elle m'occasionnait. J'avais obéi. J'étais demeurée le menton légèrement relevé pendant toute la durée du repas. Dîner en face de ta femme en tenue d'apparat te flattait. Je te renvoyais l'image de ta puissance. Ta femme était reine, tu étais donc roi. Mieux qu'un roi, un empereur. Le premier empereur des Français.

ma défense *que je dépensais un peu moins que Marie-Antoinette en 1785. Si mon chapitre toilette, dit chapitre premier, absorbe le tiers de mon budget, l'épouse de Louis XVI était encore plus dépensière.*

C'est sans espoir. Mais qui sait ? Ou peut-être étais-je convoquée pour m'être confiée à Louis Hippolyte Leroy ? Mais là encore je pouvais arguer que Marie-Antoinette était bien plus intime de Rose Bertin que je ne l'étais de mon couturier. Je ne l'invitais pas au théâtre, je ne lui autorisais aucune familiarité et le tenais à grande distance, surtout depuis qu'il avait fait courir le bruit du mariage de mon fils avec Caroline-Auguste de Bavière. À moins que la raison ne soit le carrosse prêté pour le mariage de sa fille ? Tu en possédais tant, pourquoi ne pas lui faire plaisir ? Parce que tes glorieuses armes étaient peintes sur la berline empruntée par un marchand de modes ?

Ma robe était trop longue, trop de traîne, je manquais sans cesse trébucher. Je savais m'habiller pour séduire, pas pour être quittée. Le vert d'eau me donnait mauvaise mine. Aurais-tu changé d'avis si j'avais porté du blanc ? Aurais-je dû courir me changer, perdre vingt minutes et te rendre encore plus furieux de m'avoir attendue ? Balivernes, mon sort était scellé et mes chances de t'influencer illusoires.

Mes larmes coulaient, de toute façon mon maquillage avait perdu son pouvoir. Je ne pouvais espérer que te laisser des regrets. Les regrets, c'est encore un peu de l'amour. L'amour dans le passé. S'il y avait une place à gagner dans ton cœur, elle se situerait par-là, dans ce qui a existé mais qui n'existe plus.

Tu disais que *mes larmes et le rouge sur mes joues* étaient mes armes les plus redoutables…

Depuis longtemps je soupçonnais tes intentions, je redoutais d'entendre ta voix prononcer les mots de la fin. Mais je ne croyais pas que tu oserais.

Quoi de plus terrible que d'affronter son protecteur quand il veut votre perte ?

Bausset accélérait le pas, il se fichait que je trébuche, nous étions en retard…

Le couperet allait finalement s'abattre sur moi. La destinée me rattrapait. J'avais cru y échapper. Après avoir été condamnée pour ma particule, je le serais pour ma stérilité.

Ma liaison avec Hippolyte Charles était-elle la cause réelle de cette condamnation ? L'idée m'avait traversé l'esprit, furtivement, quand on m'avait rapporté ton courroux. T'adressant à Bourienne, tu haletais de colère, tu disais : *Je viens d'apprendre par Junot… Joséphine, m'avoir ainsi trompé ! Elle est si coupable, il faut que le divorce m'en sépare à jamais ! Je ne veux pas être la risée de tous les inutiles de Paris ! Je vais écrire à Joseph ; il fera prononcer le divorce !*

Je me souviens avoir pensé que tôt où tard je serais condamnée pour cette faute et qu'il faudrait accepter ma peine, parce que je t'avais trahi.

Oh, Bonaparte ! Si tu savais comme je regrette, si tu savais combien de fois j'aurais aimé effacer le passé. Je regrette... je pourrais écrire dix mille fois ces mots que cela ne suffirait pas à m'amender. Quoi qu'il advienne dans quelques instants, c'est à moi que j'en voudrai le plus. Je me hais de t'avoir fait défaut, je ne suis rien, tu fus un consul jeune et fier, tu devins un empereur grave et serein. Je suis sans talent, sans volonté, une écervelée qui a eu la chance de te rencontrer. Est-il donc trop tard ? La vie n'accorde pas de seconde chance, même aux repentis.

Je demandai à Bausset de ralentir le pas afin que je retrouve mon souffle, sans effet.

Le moment était venu. Tu m'avais déjà bien punie en collectionnant les maîtresses. Le nom de Pauline Fourès, la femme d'un officier chasseur à cheval, me revint en mémoire. Ta liaison était si publique que Pauline avait été nommée par l'armée d'Égypte *notre souveraine d'Orient*. Tu avais l'esprit vengeur, tu persistais, incapable de pardonner mon aventure avec Hippolyte

Charles. Tu étanchais une vieille hargne mal cicatrisée, et mon attitude irréprochable n'avait rien changé.

Quoi qu'il en soit, tu avais décidé de continuer la route avec moi. Par amour ou par gratitude ? Comment *renvoyer cette bonne femme parce que je deviens grand ?... Non, cela passe ma force. J'ai un cœur d'homme, je n'ai pas été enfanté par une tigresse... je ne veux pas la rendre malheureuse...*

Quand l'idée du divorce avait réapparu, tu avais demandé successivement à ma fille Hortense, puis à Cambacérès de me prévenir de tes intentions. L'un et l'autre s'y étaient opposés. Alors tu t'étais adressé à Eugène qui avait refusé à son tour.

Tous avaient le cœur trop tendre. C'est Fouché qui avait franchi ma porte pour me demander la séparation en gage de dévouement à la patrie et à l'Empereur. Je l'avais éconduit, sous le motif de n'être *soumise qu'à tes ordres.* Que tu me le dises en me regardant dans les yeux, voilà ce que je souhaitais, avec au fond de moi l'espoir que tu n'y parviendrais pas.

Nous approchions de ce moment...

Ma disgrâce était palpable. Le palais était informé de la situation. L'attitude du personnel variait entre compassion et détachement selon les liens qui nous unissaient. La princesse Borghèse, les Bonaparte, les maréchaux donnaient des fêtes auxquelles la future disgraciée n'était point invitée. Je me drapais dans mon indifférence, cette fierté du désespoir jadis observée chez les Noirs de la Martinique, et je demeurais, telle une femme répudiée mais orgueilleuse, seule à la Malmaison.

Tous savaient. Rien n'était officiel, mais le maître du monde n'osait pas m'affronter.

Jusqu'à ce soir où tu m'attendais pour dîner dans la grande salle à manger des Tuileries.

Le soir tant redouté était arrivé, j'apercevais le seuil de la double porte.

J'avais moins à perdre au temps de la guillotine, mon mari avait été exécuté et je n'imaginais pas avoir la force d'être secourable à mes enfants si j'en réchappais. Ils avaient rejoint ma mère en Martinique. Ils auraient eu une meilleure vie qu'avec une veuve sans le sou.

Aujourd'hui mes enfants sont sortis d'affaire grâce à toi. Tu as été un père pour eux. Je ne sais pas si je t'ai assez dit combien je fus émue que tu les autorises à t'appeler *père*. Et cet homme qui m'aimait, qui me l'avait prouvé, qui avait adopté mes enfants, allait me rejeter. Par ma faute. Celle de mon corps abîmé, incapable de procréer, celle de mon esprit indigne. Bonaparte, tu partais si souvent, ce n'est pas une excuse. Tu méritais une épouse qui t'attende.

Je n'ai, dans ma vie, connu de douleur plus forte que celle-là. Au seuil de la porte, le courage me quitta et je traînai les pieds, comme ces malheureux camarades de prison, morts de peur à l'idée de monter les marches de l'échafaud.

Pourquoi ne pas revenir en courant sur mes pas, renvoyer Mlle Avrillion t'informer une dernière fois de mon état de faiblesse ? Qui sait si d'ici quelques jours un événement ne surviendrait pas, un cataclysme, une révolution qui te détournerait de tes problèmes de succession ?

Mlle Avrillion avait déjà quémandé un report, elle ne pouvait le présenter une seconde fois. Tu voulais me parler, en finir avec moi, souffrante ou pas. Tu ne croyais pas à ma migraine. Mes indispositions avaient perdu de leur effet.

Je devais me présenter à toi, coûte que coûte, et sans simagrées, au risque d'être expédiée en quelques secondes. Tu savais écourter les entretiens.

Nous étions près cette fois de la grande salle à manger. Soudain Bausset s'écarta et me laissa passer, les gardes à leur tour s'effacèrent avec le respect que l'on doit aux condamnés. Les têtes se baissaient et, quand je parvins au seuil du salon, deux chambellans aux aguets ouvrirent simultanément les battants de la double porte.

Tu m'attendais, debout, la main glissée dans ton

gilet, auréolé de ta gloire, seul au milieu de la pièce et soudain si intimidant. Tous s'inclinaient devant toi, un signe imperceptible de ta main et les portes se refermèrent derrière moi.

La victime était entrée dans le piège. Mon cœur battait si fort qu'il me semblait entendre un roulement de tambour.

Tu me saluas sans t'approcher, sans m'embrasser, sans un compliment.

Toi qui étais attentif au point de remarquer si mes souliers étaient mal assortis à ma robe, toi qui m'obligeais à en changer, tu demeuras muet. Tu disais que je portais la toilette mieux que la plupart des autres femmes de la cour.

Ta Joséphine ne se laissait pas aller, pas même dans les pires circonstances... Mais ma manière de me vêtir ne t'intéresse plus. Probablement.

Je relevai la tête, et c'est de la pitié que je surpris dans ton regard.

Tu te dirigeas vers la fenêtre, la main toujours dans ton gilet, ta posture de bienséance :

– *On va se mettre à table, il est six heures passées, j'ai du travail.*

De nouveau les portes s'ouvrirent, les maîtres d'hôtel poussèrent une table roulante couverte d'une nappe blanche et d'une multitude de plats en argent remplis de mets fumants, odorants. Tu leur ordonnas de tout laisser, de ne pas nous déranger avant le café.

J'aurais aimé fuir tant qu'il en était encore temps. Mais comment ? Cela n'aurait rien changé, sinon que tu aurais bien été obligé à un moment ou à un autre d'obtenir mon consentement. Tu m'aurais rattrapée, tu aurais hurlé dans les couloirs ton intention de divorcer, et mon humiliation aurait été encore plus grande.

Je baissai les yeux, mes ornements n'avaient aucun effet.

Ni les opales – dont je me demandai soudain si elles ne portaient pas malheur – ni l'épi de blé ne retinrent ton attention. Ton œil était passé dessus à grande vitesse, sans que le moindre souvenir ne le ralentisse.

Rien ne pouvait entraver le vol de l'aigle quand il était lancé… Quel cadeau notre dernier rendez-vous me réservait-il ? Des mots cinglants ? De la cruauté ?

Tu soulevas deux couvercles au hasard, et tu nous servis toi-même sans regarder de quels plats il s'agissait. De toute façon on ne te donnait que ce que tu aimais. Volailles accommodées de différentes manières, celles-là étaient noircies de fines tranches de truffe accompagnées de légumes qui venaient du potager de la Malmaison.

Je me battais avec un petit pois, seul le bruit de nos fourchettes résonnait dans la pièce. J'étais bien incapable d'avaler. Tu finis ton assiette sans plus de conviction. Le silence pesait. Nos respirations se succédaient, vides de mots. Comme tu ne te décidais pas à parler, je lançai en frissonnant :

– *J'ai froid.*

Tu me regardas, étonné, habituellement c'est toi qui avais froid. L'inversion atteignait jusqu'à nos épidermes.

– *On va ajouter des bûches*, me dis-tu.

À ce moment un valet entra avec un plateau sur lequel le café était servi. Il te tendit une tasse, mais tu lui demandas de la poser, tu préférais te servir toi-même.

Sans cette intrusion, j'aurais pu encore espérer que tu remettes à plus tard notre entrevue. On en resterait là, je devais me dépêcher de retourner dans mes appartements. Je ne m'en étais pas si mal sortie. Ne devais-tu pas travailler ? Mais soudain une voix – ta voix –, un timbre que j'avais du mal à reconnaître, s'adressa au valet, lui ordonnant de sortir et de bien fermer la porte. Un ordre qui ne laissait rien présager de bon. Je tentai de me lever de mon fauteuil :

– *Je suis enrhumée, puis-je me retirer dans mes appartements ?*

– *Non, il te faudra rester encore quelques minutes en ma présence… rassieds-toi, s'il te plaît…*

Mon Dieu, le moment tant redouté était arrivé. Je le revis en écrivant, mon cœur s'affole, bondit dans ma poitrine, ma main s'agite sur ma feuille, mon supplice se propage jusqu'à l'extrémité de mes doigts.

Tu avalas ton café en ayant pris soin de remuer le sucre, en tournant ta cuillère, concentré sur ton geste. Tu allais prononcer les mots qui me condamnaient.

Tu m'avais laissée prendre mon dernier repas sans me perturber. Ton silence était aussi éloquent que les mots qui allaient le rompre.

Tu luttais contre notre passé, contre ce lien qui te retenait auprès de moi depuis treize ans. Où était mon Achille ? Pas dans cet œil couleur acier. Ce regard devait exister mais, jusqu'à ce jour, tu ne l'avais jamais dirigé contre moi. J'étais acculée au fond de mon fauteuil, tel un animal traqué.

– *Je dois prendre une décision... Crois bien que j'ai tout fait pour l'éviter.*

C'est la voix que je ne connais pas qui s'exprime. Je ferme les yeux.

Les mots ne te viennent pas aisément. Depuis trop longtemps, tu les tais, ces mots, ils sont là, tout prêts à se faire entendre, encore quelques secondes avant le désastre qu'ils produiront une fois libérés.

Toi si soucieux de mon bonheur, du bonheur des autres comme le reflet de ton rayonnement, toi qui finissais tes lettres par *Je t'aime, je te veux savoir contente et gaie* ou encore *Je désire fort que tu te portes bien et que tu sois contente* – vas-tu sciemment contredire ce vœu qui depuis le 9 mars 1796, jour de notre mariage, comme un refrain, n'a cessé d'accompagner ta correspondance ? Je crois que je t'ai dit :

– *Tout est fini entre nous ?*

Tu as posé ton regard sur l'épi de blé qui ornait ma coiffure. Cette fois, tu t'es souvenu et cela t'a affaibli. J'ai vu tes yeux embués alors que tu détournais la tête, vite. Tu me tends un mouchoir, mais c'est toi qui pleures.

Il faut que tu te décides à me causer beaucoup de chagrin. Un meurtre prémédité. Je suis recroquevillée dans mon fauteuil, la proie est facile à attraper, elle est déjà à moitié morte. Ta bouche va s'ouvrir, me porter le coup fatal. Du conquérant, celui que j'ignorais, et de l'homme romantique qui m'écrivait des lettres passionnées, même en pleine guerre, il n'en restera qu'un. J'ai droit au vocabulaire de l'envahisseur :

– *J'ai décidé.*

Ton regard, loin de l'épi de blé, de mes joues fardées, de mes larmes, cherche les mauvais souvenirs, des raisons pour ne pas m'aimer.

Je te souris, tristement, pour que tu renonces à me tuer, le mouchoir entre mes mains est brodé du prénom que tu m'as donné.

De mes yeux gonflés s'écoulent des larmes, mais tu as cessé d'y prêter attention. Mes larmes ne t'ôtent plus la raison.

Tu n'es pas venu m'accueillir à Fontainebleau. Le tissu de mes appartements a été changé et la porte de communication avec ceux de l'empereur supprimée. On efface mes traces pour préparer la venue d'une autre dont tu ne connais pas même encore l'identité.

Alors que je romps le silence en émettant quelques respirations bruyantes, celles d'un animal à l'agonie, tu te lèves pour couper court aux jérémiades, comme tu sais si bien le faire, et tu te lances dans une longue plaidoirie. Il ne faut pas que je cherche à t'émouvoir. Ta décision est irrévocable, la politique n'a pas de cœur, elle n'est que raison. Tu n'as pas le droit de faiblir. Tu as tout fait pour essayer de pallier ma stérilité. Tu as essayé d'adopter le fils d'Hortense et de ton frère, mais Louis n'a pas voulu, le sort non plus, l'enfant est mort. Ce n'est pas ta faute. Après avoir « formellement » adopté Eugène, j'ai cru quelque temps que tu le choisirais comme successeur et que nous en aurions fini avec nos problèmes d'héritier. Qu'il ait tant appris à tes côtés ne te suffit pas : il est né Beauharnais. La France ne comprendrait pas. J'ai des enfants, tu t'es comporté comme un père avec eux, mais ils ne sont pas de ton sang. Je ne peux pas te priver de ce que tout homme désire le plus au monde, surtout lorsqu'il est à la tête d'un empire. Tu te dois à ton peuple. Tu sens qu'en toi résident toute sa puissance et son bonheur. Il te faut un fils que la France s'habitue à regarder comme ton successeur, sinon ce sera l'anarchie, à nouveau.

– *Le mal aura été pour moi, d'autres jouiront du bien. Plains-moi d'être obligé de renoncer à mes plus chères affections.*

Je n'ai donc pas de rivale, ma seule rivale est la raison d'État, et cela doit être plus facile à admettre pour moi que si tu avais été amoureux d'une autre femme.

Tu as des excuses. Si Marie Walewska ou je ne sais quelle autre maîtresse avait dû me remplacer, la douleur aurait été encore plus insupportable.

J'utilise mes dernières forces pour te proposer encore une solution :

– *Je pourrais faire croire à une grossesse et nous adopterions l'enfant d'une autre, de ma lingère, elle est grosse.*

– *Mon fils doit être capable de me succéder, de diriger un pays et pour cela mon sang doit couler dans ses veines. Le jour le plus heureux de ma vie fut celui où tu m'annonçais ne pouvoir me rejoindre sur le champ de bataille parce que tu attendais un enfant...*

– *Je t'en supplie... il sera de nous si nous l'élevons...*

– *Corvisart, dont nous aurions eu besoin pour simuler ton accouchement, a refusé de se prêter à cette mascarade. Ma décision est prise. Elle est irrévocable, nous devons divorcer.*

Je ne crie pas, tes mots sont si violents qu'ils me coupent le souffle. Un coup de barre de fer semble s'être abattu sur ma poitrine. Aucun son ne peut sortir de ma gorge et pourtant, à cet instant, malgré la douleur insupportable, je me demande si l'événement, celui-là même qui est en train de se dérouler, n'est pas moins insupportable que sa menace qui pesait depuis de trop longues années.

Tu dis que je ne manquerai de rien, que tu me donneras cinq millions par an, en contrepartie je dois partir à Rome et demeurer l'impératrice Joséphine. Mais comment peux-tu imaginer qu'un quelconque bien matériel puisse me consoler ?

Je veux rester en France près de toi, tout cela est trop rapide.

– *Le divorce est nécessaire où que tu habites. Si tu donnes ton consentement, tu en sortiras avec les honneurs. Il n'y a pas d'hésitation possible.*

Ta voix s'est retournée contre moi. La voix adorée est devenue celle de l'ennemi.

Un cri finit par s'échapper de ma poitrine, un cri de détresse. J'aurais dû le retenir. Les oreilles indiscrètes collées à la porte raconteront et déformeront cette scène, mais sur le moment je n'y pense pas, je hurle, avec la force d'une suppliciée, avec un abandon que ni mon rang ni mon honneur n'auraient dû me permettre. Je ne suis plus rien, je ne suis qu'une femme rejetée, une femme qui pleure son amour perdu, une femme humiliée qui ne peut retenir ses cris de souffrance.

L'État comme rival plutôt qu'une autre femme n'est pas une consolation suffisante.

Je glisse de mon fauteuil, ma robe en soie sur le siège de cuir accélère ma descente, je tombe à terre, le visage collé contre le parquet.

Tu me tends une main pour me relever. D'un coup sec, tu me forces à être debout, alors que je titube et que je ne tiens plus sur mes jambes.

Tu ne me prends pas dans tes bras. Tu me demandes de m'asseoir, de me tenir droite. Tu me parles comme à un soldat. Les sanglots m'étouffent, de ma gorge ne sortent que des râles de souffrance. De toute façon ta décision est prise, rien ne pourra la fléchir. Il n'y a pas de place pour la pitié dans ton cœur.

Tu déambules dans la pièce, les bras croisés dans le dos, le regard échappé par la fenêtre. Tu veux partir, tu vas partir, mes charmes sont éteints, ma guirlande effondrée, l'épi de blé tombé sur le tapis, rien ne pourra ranimer ton désir. Ton désir de pouvoir a vaincu le désir de mon corps.

Il me semble être morte. Il ne me reste qu'une sorte de faculté vague de sentir que je ne suis plus.

La machine de guerre a décidé de conquérir un autre territoire, d'agrandir son pays, sa puissance, sa famille. D'autres ambitions ont remplacé les nôtres. Les sentiments ont déserté ton regard, nos nuits n'y sont plus inscrites. J'ai disparu de ta mémoire. Ai-je un jour existé, comment est-ce possible ?

Je me suis agenouillée, une génuflexion bien inutile, similaire à celle de mon couronnement, mais pour t'implorer cette fois.

– *Relève-toi : la date du divorce est fixée au 15 décembre*, me dis-tu.

Le 15 décembre, c'est dans longtemps ? Demain ? Après-demain ? Tout a été décidé sans moi, tous complotent à mon éviction.

Le 15 décembre, la date se grave au fer rouge dans ma mémoire, pour toujours. Combien de 15 décembre aurai-je encore à vivre ? Un, deux, trois ?

Les 15 décembre touchent aujourd'hui à leur fin, je suis épuisée. Les médecins de Talleyrand, Bourdois, Lamoureux et Lasserre, sont venus pour diagnostiquer une esquinancie infectieuse. Ils se trompent, je me suis empressée de les remercier avant qu'ils ne me couvrent de vésicatoires. Il me semble que je ne connaîtrai plus d'hiver et j'en suis bien heureuse.

Les préparatifs de Noël étaient faits avant que tu me

répudies. Ton cadeau était déjà sous le sapin, je tremblais comme une femme battue tandis que je me souvenais de la miniature sur ivoire que j'avais commandée pour toi à Isabey.

Le 15 ? Mes membres se mirent à s'agiter, il ne s'agissait plus des larmes que tu réprouvais, mais de spasmes. Tout mon corps, tout mon esprit était devenu fou de douleur, extériorisant onze ans de souffrance, onze années de crainte, et voilà que la scène tellement redoutée se produisait.

Je poussais des cris violents, je ne reconnaissais pas ma voix, j'étais une autre femme devant un autre homme. Une biche blessée, à mort.

Je m'effondrai pour la seconde fois.

Tu n'avais plus de cœur, et moi plus de fierté.

Je n'étais plus Joséphine, ta femme Josèphe Rose, rebaptisée par toi-même Joséphine, un prénom qu'aucun autre homme n'avait utilisé avant toi.

J'étais en miettes. Mes cris étaient ceux d'un animal, mes cris m'horrifiaient, je ne reconnaissais pas le son de ma propre voix, il ne semblait pas m'appartenir. Toi devenant un autre, tu m'entraînais dans cette transformation. Les bourreaux créent les victimes.

Avant de me porter secours, de caresser mon front de ta main, tu ouvris la porte et demandas au chambellan et à M. de Bausset de t'aider. Vous parliez au-dessus de mon corps, et moi, le nez collé sur le tapis, je disais :

– *Non, je n'y survivrai point.*

Tu demandas à Bausset :

– *Êtes-vous assez forts pour enlever Joséphine et la porter chez elle par l'escalier intérieur qui communique à son appartement, afin qu'elle reçoive les soins et les secours que son état exige ?*

Bausset me prit dans ses bras, le chambellan souleva mes pieds, tandis que tu attrapais le flambeau sur la table et m'éclairais le visage, comme pour vérifier que je respirais encore. Je te réclamais, malgré la gifle que tu venais de m'administrer.

Alors qu'ils franchissaient les premières marches, j'entendis la voix de Bausset murmurer qu'il était impossible de s'engager dans l'escalier sans risquer de tomber. Tu appelas un valet, lui tendis le flambeau, et tu finis par soulever mes deux jambes. Je reconnus la force de tes mains enserrant mes chevilles. Cette brute malodorante de Bausset avait glissé les siennes sous mes bras.

– *Vous me serrez trop fort.*

Je ne pus prononcer un seul autre mot. Les larmes s'écoulaient sur mes joues comme si elles n'allaient plus jamais s'arrêter.

Une fois que je fus allongée dans mon lit, tu te penchas sur mon visage, appuyas ta main sur mon front. Ta main tremblait, tu avais pris une décision difficile pour toi aussi, peut-être au-dessus de tes forces, et je savais qu'elle te coûtait, qu'elle était d'une certaine façon absurde, contre nature parce que nous nous aimions encore.

Tu ne défaillis pas, mais une de tes larmes tomba sur ma joue. Tu me plaignais, je le sais. Tu étais malheureux parce que tu m'affligeais. Tu ne me croyais pas de caractère. Tu n'étais pas préparé aux éclats de ma douleur. Il était trop tard pour reculer. Les dés de ta nouvelle destinée étaient jetés. Je t'entendis dire :

– *Allez chercher Corvisart, la reine Hortense, Cambacérès, Fouché. Qu'ils viennent tous, qu'ils s'occupent de Joséphine.*

Tu quittas ma chambre, furieux, blâmant le destin. Bonaparte, personne, à part nous et ton Mamelouk, ne sut que cette nuit terrible, j'ai frappé à ta porte et que tu m'as ouvert. Tu m'attendais ? Sans échanger un seul mot, nous nous sommes aimés pour la dernière fois.

Dès le lendemain matin, Mlle Avrillion fut de grand service et entra comme de coutume dans ma chambre. À peine le valet eut-il entrouvert les volets et se fut-il retiré, je lui tendis la main alors qu'elle s'installait à mes côtés et lui dis d'une voix à peine audible :

– *Ma chère, approchez-vous de mon lit ; j'ai bien des choses à vous dire, mais voyez d'abord que la porte soit bien fermée.*

Malgré les sanglots qui freinaient le débit de ma voix, je parvins à lui résumer le dîner de la veille, puisqu'elle avait quitté le service après que je fus partie avec M. de Bausset. Cela n'était pas dans mes habitudes de me confier. Chaque confession recèle une part de trahison. Mais je ne pouvais plus parler avec vous. Quand vous étiez accessible, je m'adressais à mon mari, empereur ou pas, vous me reprochiez mes scènes de jalousie, vous me trompiez. Je n'allais pas m'en glorifier. Cette fois, les ponts étaient coupés. Vous aviez largué les amarres, je me retrouvais seule sur le quai, sans amour et entourée de quelques amies dont je devais me méfier.

Voilà que je te vouvoie. J'ai pris la distance que tu n'aimes pas.

Si la souffrance m'éloigne, tant mieux.

Mlle Avrillion, si retenue à l'accoutumée, ne put contenir son émotion. Même si nous redoutions le divorce, nous n'avions point elle et moi de certitude. Entendre de ma bouche tes mots définitifs la renversa presque autant que moi et je pus mesurer à son trouble l'attachement qu'elle me portait. Et bientôt, c'est moi qui la consolais :

– *L'empereur est désolé, lui aussi pleurait, il m'a dit : « C'est le plus grand sacrifice que j'ai pu faire à la France. »*

Je lui dis avec quel ton de pénétration tu me parlais, mais qu'il te fallait un héritier... Je la rassurai comme si c'était à moi-même que je m'adressais :

– *Il sera toujours le même pour mes enfants, et il viendra souvent me voir dans ma retraite, il me l'a promis... Il permet que je reste en France, à la Malmaison ; il veut que je continue à jouir de la plus grande considération et m'accorde un revenu considérable...*

Je cherchais, en fait, devant elle, des arguments,

pauvres arguments pour triompher de l'humiliation que tu m'avais infligée. Je cherchais à me convaincre.

L'heure de ma toilette approchait. Malgré l'effort qu'elle me demandait, je ne devais rien modifier à l'ordonnance.

Mlle Avrillion me fit remarquer que je ne me laissais pas aller à la moindre plainte, au plus léger murmure contre toi, et elle m'en félicita malgré *l'injustice de la situation*, disaît-elle.

Je lui pris la main et lui rappelai combien ces derniers temps tu étais colérique, impoli envers moi. Tu séduisais les invitées sous mes yeux, tu instrumentalisais Fouché qui se permettait de me laisser entrevoir la possibilité du divorce, sans trop oser le réprimander, comme si tu approuvais sa tentative.

Tu avais même fait arrêter la pauvre Mlle Despeaux, ma marchande de modes, un jour qu'elle était dans le salon à m'attendre. La malheureuse fut emmenée par tes gardes. Tu me cherchais des torts. Il fallait justifier ta décision et tes injustices m'entraînaient dans un état d'agitation continuelle. Cela ne pouvait perdurer ainsi.

Saurais-je comme toi trouver refuge dans le stoïcisme ? Te souviens-tu de tes propres mots : *Mon cœur est serré de douleur… serait-il possible que tu ne m'aimes plus un jour ?… Ma vie est empoisonnée et le stoïcisme mon seul refuge.*

La roue tournait, mon heure était venue.

Mais serais-je capable d'utiliser les mêmes remèdes pour me guérir ?

Je ne connaissais point la philosophie grecque, cette forme d'impassibilité face à la douleur et l'adversité que tu pratiquais. L'exemple une fois de plus venait de toi. Où trouverais-je la force de t'imiter ? Je devais accepter cette inversion des situations, me dire que tu avais éprouvé ces sentiments qui m'enserraient la poitrine et que tu en étais sorti victorieux.

Je recommandai une grande discrétion à Mlle Avrillion. La première difficulté consistait à sortir de ma chambre le regard sec pour ne point éveiller les soupçons.

– Laissons à l'empereur le soin de divulguer lui-même notre séparation.

Mon lever aurait lieu comme à l'ordinaire, mon abattement et ma pâleur ne seraient attribués qu'aux suites naturelles de l'indisposition de la veille.

Malgré la mauvaise tournure que le dîner avait prise, tu devais te sentir soulagé. Tu m'avais enfin affrontée.

Tu ne me rendis pas visite ce matin-là. Il nous fallait du temps pour nous revoir après le choc. Le choc d'une collision. Nous étions blessés, mon corps et mon esprit ne répondaient plus par endroits.

Vers onze heures ton chambellan franchit ma porte pour me confirmer la date et l'heure du sacrifice : le 15 décembre au soir, dans ton grand cabinet à vingt et une heures, je ne serais plus ton épouse.

J'appris donc que mon sacrifice aurait lieu la nuit, pour mieux cacher ce que tu n'osais t'avouer dans la lumière : tu divorçais de Joséphine ! Était-ce si difficile à admettre pour toi ? Tu pensais que la nuit t'aiderait à masquer tes propres hésitations. Tu ne pouvais pas affronter le jour. La lumière des bougies éclaire moins que le soleil. Les actes peut-être, pas les sentiments. La nuit exacerbe les émotions. Les chagrins enflent à la tombée du jour. Tu avais choisi l'heure où la tragédie se déguise en fête, réjouissance pour certains, supplice pour d'autres.

Quinze jours, j'avais quinze jours pour m'habituer à cette stupéfiante idée. Je devais encore me donner en spectacle pour l'anniversaire d'Austerlitz et du couronnement. Recevoir la reine d'Espagne et de Westphalie, sourire pour cacher les torrents de larmes.

Le froid était tombé à moins vingt et un degrés dans la capitale. Malgré les cheminées qui brûlaient, le palais demeurait glacial. Je me forçais à exécuter les gestes de la vie mais l'esprit ne suivait pas. Il demeurait bloqué sur une expression de ton visage. Un visage de marbre ou de biscuit, comme celui exécuté par Canova ou Chaudet, les cheveux en moins parce que tu commençais à te dégarnir.

Je savais que ni le mot « divorce » ni ce visage cruel et inhabité à cet instant ne quitteraient plus jamais ma mémoire. J'avais beau tenter de les chasser pour me donner du courage, je n'y parvenais pas.

Le 15 décembre, à seize heures, les caméristes frappèrent à ma porte, comme les bourreaux de la prison des Carmes. L'heure approchait, il fallait me préparer pour le sacrifice. Mlle Avrillion, les yeux gonflés d'avoir trop pleuré, n'osait se montrer à moi.

Que se passait-il à l'extérieur ? Depuis quinze jours, la vie était infernale à la cour, on ne parlait plus que du divorce. Je ne sais pas si tu te doutais du retentissement que ta décision provoquerait.

Moi-même j'avais cédé au besoin de m'épancher. Ma douleur débordait. Je ne pouvais la retenir. À quoi cela aurait-il servi de continuer les simulacres de la cour ? Le monde entier connaissait ma défaveur.

Je ne pus la cacher devant la fleuriste chargée de mes bouquets, une personne compréhensive et plus saine que les dames du palais. La douleur ne connaît pas la dignité. La nécessité m'emporta ce jour-là, je pleurai devant elle, comme devant mes médecins. Ils étaient tenus par le secret professionnel, mis à part Corvisart qui te répétait tout.

Je n'étais plus la fière impératrice qui recevait, distribuait à chacun des paroles bienveillantes, souriante, rassurante. J'étais perdue, avide de réconfort. Je pleurais devant ceux qui me croyaient supérieure, ceux qui confondaient l'âme et l'habit. Aussi scintillant et brodé soit-il, l'habit ne protège pas des peines.

Pourquoi fallait-il mettre en scène notre séparation ? Célébrer des noces ou un couronnement va de soi, mais célébrer une mise à mort ? Une annonce aurait été suffisante. J'ai accepté de divorcer. Je t'ai obéi. L'épreuve me fut imposée. Triste spectacle d'une reine renvoyée parce qu'elle ne peut enfanter.

Mon supplice ne s'arrêta pas avec l'horrible cérémonie de la dissolution dans la salle du Trône où, en face de toute la famille réunie, de Murat et de Fouché qui avaient œuvré contre moi, je fus publiquement dégradée.

Quand je me présentai seule dans ton cabinet particulier, les lampes étaient allumées mais on y voyait à peine. Dans une sorte de pénombre, je pus observer la cour qui s'avançait dans un pesant silence. Tu te plaças en face de moi, Cambacérès à tes côtés.

Regnault de Saint-Jean d'Angély me présenta l'acte à signer. Le document rompait à jamais les liens qui m'unissaient à toi. Je me retournai un instant pour voir si quelqu'un allait protester. Les visages étaient blêmes, frémissant devant la cruauté de ce qui m'était infligé. Personne n'osa prononcer un seul mot.

Ta pâleur était celle d'un mort. J'avançai une main tremblante, et je me saisis de la plume. La stupeur avait gagné l'assemblée. Te rendais-tu compte de ce qui se passait autour de toi ? L'amour sacrifié sur l'autel de la gloire. Quand l'ambition en est là, on tremble à l'idée des malheurs qu'elle peut engendrer.

J'ai signé.

Quand j'ai relevé la tête, tu me regardais, intimidé, admiratif presque, tu découvrais une autre Joséphine. Je t'ai souri tristement. Tu avais ce que tu voulais. Quelle chimère te poussait vers un destin si ambitieux ?

Le sénatus-consulte fut adopté par le Sénat par soixante-seize voix contre sept et quatre abstentions. L'article premier annonçait : *Le mariage contracté entre l'empereur Napoléon et l'impératrice Joséphine est dissous.* Le mot de « divorce » ne fut jamais employé officiellement. Tu savais bien qu'un tel acte contreviendrait à la fois au Code civil et aux statuts de 1806. L'article 7 des statuts l'interdisait pour les princes de la famille impériale. J'avais quarante-six ans, l'article 277 du Code, dicté par toi en d'autres temps, interdisait de prononcer un divorce si l'épouse était âgée de plus de quarante-cinq ans. Le pape aurait refusé une demande d'annulation.

Nous étions *dissous*, désagrégés comme un corps plongé dans l'acide. C'est à tort que ton entourage et toi-même prononciez le mot « divorce ». Notre divorce n'était pas possible. Comme il était impossible d'annuler à Rome notre mariage religieux du 1er décembre 1804 célébré en pleine nuit par le cardinal Fesch, pour conforter la cérémonie secrète et si romantique, bien que nulle, du lendemain de nos noces civiles.

Qu'importent les articles du Code civil, tu les rédiges ; qu'importe le pape, tu n'as pas voulu de ses mains pour te couronner empereur.

La machine administrative, les documents, les formalités sonnaient la fin de notre amour. J'avais signé, Bonaparte, notre aventure était bien finie. Tu continuerais ta route sans moi. Tu pleurais. Les membres de ta famille n'en revenaient pas. Ils se sont retournés : c'était beaucoup pour moi, les larmes de l'empereur.

Pauline et Caroline m'observaient d'une façon dont la jalousie n'était point absente, malgré ma mise à terre. Fallait-il qu'elles me détestent fort. Elles étaient belles, jeunes, à l'évidence amoureuses de toi, elles demeuraient tes sœurs quoi qu'il advienne, n'était-ce pas suffisant ? Pourquoi me vouloir plus de mal ? Parce que leur frère n'avait jamais pleuré pour elles ?

C'est mon fils qui m'a donné le bras pour quitter le Sénat, et nous avons marché l'un à côté de l'autre comme si je l'emmenais se marier.

Les yeux du clan étaient braqués sur moi. J'ai relevé la tête, la nouvelle Joséphine devait naître à l'instant où je marchais dans l'allée entre les membres de ta famille. Le rideau humain s'ouvrant, ils avaient du mal à interrompre leurs commentaires, bouche dissimulée derrière une main. Des bribes de phrases me parvenaient de-ci, de-là, *elle*, c'était moi, *elle, la vieille*. Vous dîniez ensemble le soir, sans moi qui n'étais déjà plus invitée. Ils étaient débarrassés de ma personne pour toujours et pourtant pas encore satisfaits. Ils m'auraient préférée morte. Tu les avais nommés aux plus hauts postes de l'Empire mais tu n'avais pu obtenir qu'ils respectent le dernier jour de celle qui fut *ta Joséphine*. Tu avais plus d'autorité sur moi que sur eux.

Mais tu as remarqué leur résistance agressive à me laisser passer, et tu es venu à mon secours pour me conduire vers la sortie. Comme il est difficile l'apprentissage de la disgrâce.

Nous avons salué ensemble l'assemblée. Cela semblait absurde, nos mains qui ne se lâchaient pas, alors que tout était fini. Le clan n'y comprenait rien. J'avais accepté, signé. Ils auraient aimé plus de froideur.

Chacun de tes gestes avait trop de valeur. D'un regard tu pouvais condamner ou nommer. Alors ils voulaient comprendre combien valait ce bras que tu tenais, combien d'or, de maisons, de bijoux, quel titre. Ils aimaient trop l'argent et les honneurs pour imaginer que j'étais au-delà de tout cela. Qu'en te perdant j'avais tout perdu, qu'aucune compensation aussi généreuse fût-elle ne pouvait me rendre le bonheur d'être ton épouse.

Quel drôle de couple nous formions, *dissous* et main dans la main.

Peut-être à cet instant-là avons-nous su qu'aucune procédure, aucune cérémonie, aucune femme ne parviendrait à rompre notre lien.

Une décision d'État, aussi sèche soit-elle, n'emporte qu'une victoire de façade. Jusqu'à mon dernier souffle elle demeurera impuissante à raisonner mon cœur.

C'est le 16 décembre à quatorze heures, sous une pluie battante, que j'ai quitté le palais des Tuileries.

Il fallait s'enfuir au plus vite, ces appartements n'étaient plus les miens.

Les Tuileries n'avaient porté bonheur à personne. J'ai toujours pensé que la métamorphose de Marie-Antoinette avait débuté là, dans ce palais où la famille royale habita une fois que les révolutionnaires l'eurent chassée de Versailles. Je ne compare pas nos destins, ils sont d'un ordre bien différent, mais l'apprentissage du malheur, pour elle comme pour moi, a commencé là, dans ce vieux château aux couloirs obscurs, aux innombrables escaliers en colimaçon.

Je tremblais, je m'agitais, je devais être courageuse, encore ; j'avais commencé à rassembler mes affaires. Mes gestes étaient ceux d'une marionnette. Je m'adaptais au nouvel ordre des choses. Je m'occupais, j'emballais moi-même mes objets personnels avant que les valets et les femmes de chambre ne s'en chargent. Tes lettres étaient mon plus beau trésor, aucun œil étranger ne devait se porter dessus. Je les ai récupérées dans le tiroir secret de mon secrétaire pour les cacher dans le double fond de mon sac de voyage. Notre vie, notre amour y étaient contés.

Tes lettres avant l'affaire Hippolyte étaient longues et passionnées. Je me demande encore ce qui m'a poussée à ne pas te répondre. À quoi cela sert-il de regretter ? J'ai ouvert au hasard mon cahier et je suis tombée sur la missive du 29 messidor de l'an IV. Tu disais : *Depuis que je te connais je t'adore chaque jour davantage, cela prouve bien combien la maxime de La Bruyère, l'amour vient d'un coup, est fausse. Tout dans la nature a un cours et différent degré d'accroissement. Ah ! Je t'en prie, laisse-moi voir quelques-uns de tes défauts. Sois moins belle, moins gracieuse, moins jalouse, ne pleure jamais, tes larmes m'ôtent la raison, brûlent mon sang. Crois bien qu'il n'est pas en mon pouvoir d'avoir une pensée qui ne soit pas à toi et une idée qui ne te soit pas soumise.*

Si tout dans la nature avait un rythme, alors le déclin de l'amour serait aussi naturel que sa montée. Je m'étais trop imprégnée de ta prose pour croire jamais à ma défaveur.

Pourquoi lire des lettres écrites au temps de l'amour

quand tout est fini, pourquoi m'infliger ce retour en arrière au moment de partir ?

Parce que tout avait été trop subit, mon corps ne croyait pas mon esprit. Il n'envisageait pas de ne plus partager une nuit dans tes bras. Tu disais que ton bonheur était d'être près de moi, et je te cite de mémoire : *Quelles nuits, ma bonne amie, que celles que je passe dans tes bras ! Sans cesse je repasse le souvenir de tout ce que nous avons fait, tes baisers, tes larmes, ton aimable jalousie, et les charmes de l'incomparable Joséphine rallument sans cesse une flamme vive et brûlante dans mon cœur et dans mes sens.*

Te souviens-tu, mon amour, de cette *flamme vive et brûlante* dans ton cœur et dans tes sens ?

J'ai ramassé mon trésor. À quoi cela servait-il à présent d'ouvrir mon cahier ? À me faire du mal ? Tes lettres étaient une réserve de larmes. J'enfermais la passion.

Mon départ ne ressemblait en rien à un de ces voyages aux eaux ou de ceux que j'avais entrepris pour te rejoindre. Chacun de mes gestes était chargé de tristesse et portait le poids d'une décision irrévocable. Que faire de ma toilette en or offerte par la ville à l'époque du sacre ? Comment emporter les pendules en lapis et en agate, les bronzes, les porcelaines de Sèvres et ce petit fauteuil en tapisserie sur fond de soie blanche brodé par mes soins d'un *J* enlacé de roses ? Je les ai abandonnés, à toi de décider.

Tu avais oublié dans ma chambre le petit médaillon à mon effigie qui ne te quittait pas, le verre était brisé, un signe du destin ?... À moins que tu n'y aies renoncé, mon portrait n'avait plus sa place sur ton cœur.

D'autres souvenirs rapportés de campagne, tes présents, ceux de notre mariage m'ont posé les mêmes tourments. Je ne pouvais plus rien te demander, d'ailleurs où étais-tu ? Le bruit courait que tu t'étais enfui à Trianon pour ne point assister à ce moment. Bientôt, je n'existerais plus ici, les traces de moi seraient emportées. Est-ce bien ce que tu attendais ? Personne ne connaît mieux que moi ta générosité.

Tu m'as fait livrer la totalité des meubles, même la coiffeuse en or massif. Je devais vivre avec le souvenir.

Mes enfants me rejoignirent dans la difficile entreprise du déménagement. Eugène se forçait à paraître tranquille, il tenta même de montrer de la bonne humeur, loin des larmes de la veille. Pour briser la tristesse ambiante, il nous conta l'histoire d'une dame prise des douleurs de l'accouchement au milieu d'un bal.

La jovialité si peu coutumière de mon fils pour narrer une histoire bouleversa mon cœur de mère. Je souris pour le remercier. La tristesse était là, rien ne pouvait m'en détourner.

Hortense me prodigua, lors de cette affreuse matinée, toutes les consolations que la parole puisse offrir. Mais la parole s'essouffle et glisse sur les peines sans en retenir une miette. Toi seul pouvais m'aider, aussi incongru que cela paraisse.

Quelques dames accoururent, prêtes à me suivre dans mon exil. Comment m'occuper de ma petite société, en ce moment tragique ? Je reçus néanmoins trois ou quatre d'entre elles, dont la comtesse du Montalivet, et je perçus dans ses propos une réelle affliction. Vois-tu, tu inquiétais les femmes de plus de quarante-cinq ans en me renvoyant…

Les malles s'entassaient devant ma porte. Certains curieux passaient, mes gardes se chargeaient de les disperser.

À quatorze heures, tout était fini.

Fini mon mariage, finie la cour, fini mon rôle d'impératrice. À quatorze heures je quittais les Tuileries.

Il fallait abandonner la chambre de nos ébats et de nos drames. Je n'aurais pas dû t'en refuser l'accès. Les couples se défont à ne point partager la même couche. Mais comment te faire bon accueil en sachant que quelques instants auparavant tu avais étreint Georgina,

Élisabeth de Vaudey ou Adèle Duchâtel... Tout se sait à la cour. Mes dames d'honneur, Georgette Ducrest en tête, furent assez cruelles pour m'informer... Assez de douleur pour ne point raviver celles du passé...

L'heure est venue d'affronter les regards. Une foule compatissante m'attend depuis des heures dans la cour et dans la rue. Quitter, partir, ces mots détestés qui résonnent en moi quitter, partir, quitter, partir. Et qui prennent toute leur puissance quand j'y ajoute : pour toujours.

J'ai peur de sortir. Je ferme les yeux, je respire, je voudrais disparaître, mais la souffrance me rattrape quel que soit l'endroit reculé de mon cerveau où elle tente de trouver refuge. Ma gorge s'enflamme, la tête me tourne, je suis seule et désemparée. Ta présence aurait-elle adouci cet instant ? Cela n'aurait eu aucun sens. Je suis répudiée, jetée, renvoyée, tu ne vas pas me baiser la main devant mon carrosse. Je dois m'habituer à vivre sans toi.

Je suis sortie de ma chambre seule.

Je n'ai jamais aimé me donner en spectacle, même pour le sacre. Ceux qui nous applaudissaient à notre passage sont venus me plaindre. Je suis bannie, coupable, je dois marcher sans vaciller.

Ma punition est d'autant plus difficile à recevoir

qu'elle vient longtemps après la faute. Celle que j'ai été n'est plus. L'épouse aimante comparaît pour l'épouse volage. C'est en cela que ma peine est lourde. J'ai beaucoup de mal à retrouver l'esprit frivole qui m'habitait à l'époque de Térésa Tallien, les jeux de la séduction sont loin de moi. Je le dois pourtant, car c'est cette Joséphine-là qui mérite de quitter les Tuileries, c'est cette Joséphine-là qui doit traverser la foule des curieux, pas moi. La coupable, si je parvenais à la débusquer, saurait mieux que moi affronter la situation. Elle ne pleurerait pas, la peine la délivrerait d'une culpabilité trop longtemps portée.

Mais où est-elle ? Elle est partie, je ne suis plus la femme que Bonaparte a épousée, je suis une autre. Peut-être « moi », enfin. Le malheur favorise ce repli sur soi, loin des paresses et des frivolités. Il a fallu que le destin me gifle pour me projeter loin de ma nonchalante nature.

Les pavés étaient bien irréguliers pour mes souliers de satin. J'étais si occupée à regarder mes pieds, à choisir les pierres les plus plates que je parvins quelques secondes à distraire mon attention de la foule assemblée.

Un détachement d'une cinquantaine de personnes me suivait. Les voitures étaient rangées dans la cour.

J'entendis mon prénom et je répondis d'un pauvre sourire. Une femme hurla :

– Vous serez toujours notre impératrice... !

On me jeta des fleurs, tandis que je marchais vers ma voiture. Je me retournai avant de monter, je fis un petit signe de la main vers la foule, sans voir personne en particulier, tant les larmes envahissaient mon regard. Askim, ma petite chienne, monta en premier, puis mon perroquet, accroché au bras d'un valet, fut disposé dans une cage. L'avant de la procession ressemblait à un groupe de forains en déplacement... Hortense m'adressa un clin d'œil, les situations les plus tragiques réservent souvent quelque chose de comique.

Soudain le silence tomba sur la foule. Certaines femmes, un mouchoir à la main, pleuraient, les hommes baissaient la tête en signe de compassion, mais ces marques d'affection m'affligèrent encore plus.

En posant mon soulier sur le marchepied, j'avais l'impression de monter dans la charrette qui me conduisait à l'échafaud.

Pourquoi es-tu parti avant moi ? Tu redoutais la solitude après que mon carrosse se serait éloigné. L'ordre de me répudier était une chose, son exécution une autre.

Tu as préféré fuir pour Trianon et sans suite.

Tu demeuras seul trois jours sans voir personne, pas

même tes ministres. Ces trois jours furent probablement les seuls de ton règne pendant lesquels les sentiments eurent plus d'emprise sur toi que les affaires. Tu suspendis ta correspondance, tes audiences, tes conseils. Tu devais puiser en toi seul la force pour faire face. Il est plus difficile de décider que de subir. Moi, je n'ai pas eu le choix, mon malheur m'a été imposé. Tu as tergiversé des années. J'espère que tu ne t'es pas trompé.

Nous traversions des champs, des villages à vive allure. Les cochers fouettaient les chevaux. Mon carrosse en comptait huit, autant que le tien.

Je regardais au travers de ma fenêtre, sans rien voir, insensible aux secousses de la route. Il y a de mauvaises expressions qui emprisonnent notre esprit et dont il est bien difficile de se débarrasser : *plus jamais* scandait ma souffrance. *Plus jamais* précédait tout ce que je quittais et mon esprit méticuleux à me faire souffrir ne me faisait grâce du moindre petit détail.

Plus jamais tu ne ferais irruption la nuit dans ma chambre, plus jamais nous ne dînerions tous les deux, plus jamais tu n'assisterais à ma toilette, troublant mes femmes de chambre, plus jamais tu ne me conseillerais sur mes vêtements ou tu ne me ferais déshabiller si ma tenue ne te convenait pas... *Plus jamais*. Il suffisait que ces deux mots frôlent mon esprit pour déclencher mes larmes.

Mlle Avrillion, assise à mes côtés, était à court d'arguments pour me consoler. Elle-même était écrasée par l'évidence de ma pénible situation. Tout ce temps passé auprès de toi, tu m'avais parlé, écrit, conseillé et je ne parvenais pas à imiter ta *force d'âme*. Il était peut-être trop tôt. Ou trop tard pour divorcer. Nous étions un couple, ton peuple et ton armée s'étaient habitués à moi avec toi.

Comment étais-tu à cet instant ? Que faisais-tu ? Ta force t'avait-elle transporté loin de nos querelles ?

Dans tes lettres, à la manière dont tu évoquais la *mélancolie*, il me semblait que tu la connaissais bien. Je craignais qu'un jour, comme une vague trop longtemps retirée, elle te submerge, toi aussi.

Nous étions deux insulaires loin de nos îles natales, après tant d'années de vie commune, nous nous ressemblions.

La voiture ralentit dès que nous abordâmes l'allée. Les cochers voulaient me laisser le temps de réaliser. Tant que nous étions sur les routes, je n'étais nulle part, juste une femme ballottée entre deux maisons, deux situations. Maintenant la Malmaison s'ouvrait devant moi, irréelle comme notre situation. Elle n'était plus qu'à moi, et je m'aperçus que je l'aimais moins pour cette raison-là.

Je passai ma tête par la fenêtre, ce n'était pas le même lieu. Rien n'avait changé, mis à part quelques plantations et le petit kiosque que j'avais aménagé. Pourtant, la maison ne ressemblait plus à celle acquise avec toi pour y finir nos jours. Je scrutais chaque pierre, chaque fenêtre, le toit… inutile de chercher, il manquait le bonheur. Le bonheur de rentrer ensemble essoufflés après une promenade dans les bois, le bonheur des projets d'avenir : c'était une maison pleine, mais vide. Vide de l'essentiel.

La calèche s'arrêta dans la cour. J'étais arrivée au terme de quelque chose. Je savais qu'en ouvrant la porte d'entrée, une vie que je n'avais pas choisie commencerait et qu'une autre s'achevait.

Mon père prétendait que chaque situation recèle un avantage. Je pensais à lui, sans trouver un quelconque intérêt à avoir été répudiée. Mais quand je m'aperçus de la simplicité avec laquelle les gens de ma maison m'attendaient, sans pompe ni hauts dignitaires pour me recevoir, j'en éprouvai un soulagement. Seuls mes véritables amis me rendraient visite, et je pourrais enfin juger de leur sincérité. Il y avait donc une petite commodité à cette situation : je serais dorénavant débarrassée de l'étiquette et des courtisans !

Les autres avaient pris trop d'importance dans ma vie, il était temps de changer. J'avais été impératrice, je serais moi. Moi sans toi à mes côtés, moi libre et amputée à la fois. Je devais apprendre à vivre sans partager. Avais-je assez d'instinct vital pour cela ? Sans toi, je pouvais me dégonfler comme un ballon privé d'air. Il y a quelques années, ton médecin, confronté au désespoir que me causaient les rumeurs du divorce, m'avait demandé de continuer à t'aimer. Quelle étrange médication. J'avais deviné ton inéluctable décision.

J'entends encore la voix de Corvisart : *Le plus agréable n'est-il point d'aimer ? Quoi qu'il advienne, qui vous en empêche ?* Le message était clair. Il te connaissait assez pour avoir pressenti les événements qui se préparaient. Étais-je assez sage pour continuer à t'aimer ? Quelle autre solution ? J'étais condamnée au pardon.

Le personnel m'attendait, aligné devant l'entrée en forme de tente, les dames d'honneur, les femmes de chambre, les chambellans, les valets, le cuisinier. Mme de Rémusat était là, elle refusait de m'abandonner comme la plupart des courtisans. Je m'efforçais de sourire en sortant de la voiture. Ces murs qui avaient connu la joie ne devaient pas refléter ma tristesse.

Les bougies étaient allumées, les cheminées brûlaient, sur chaque table un bouquet de roses de Noël, blanches comme la neige, provenant du jardin.

M. de Beaumont, mon grand chambellan, me tendit une enveloppe sur un plateau d'argent. Le brave homme espérait me faire plaisir : l'enveloppe était aux armes de l'Empire. Une lettre de toi. Tous les regards se tournèrent vers moi.

J'ouvris l'enveloppe à la hâte, je découvris ton écriture plus nerveuse et perturbée que lorsque tu m'écrivais en pleine bataille. Tu t'inquiétais pour moi : *Il faut surtout soigner ta santé qui m'est si précieuse... Si tu m'es attachée, si tu m'aimes tu dois te comporter avec force, te placer heureuse et te trouver contente.*

Qu'est-ce que l'empereur pouvait bien m'avoir écrit ? se demandaient Mme de Rémusat, Mlle Avrillion et les dames qui m'accompagnaient ; mais je ne satisfis aucune curiosité, je gardai la lettre pour moi seule et me réservai la suite pour le dîner. J'avais ainsi rendez-vous avec toi, je la glissai dans ma petite bourse.

Avec Hortense j'aurais pu partager tes mots, mais je préférais qu'elle regagne son château et retrouve ses enfants. Ces quelques jours aux Tuileries avaient été suffisamment éprouvants. Elle reviendrait pour Noël, j'avais besoin de solitude pour m'accoutumer à ma nouvelle condition, de me retrouver telle que je ne me connaissais peut-être pas.

Comment me *trouver contente* ? Je rencontrais en moi tout un bazar d'émotions, mais pas de joie. Je trouvais de la résignation, un peu de force, la volonté de paraître, un peu de courage puisque je m'appliquais à retenir mes larmes. Après avoir joué un rôle pendant des années, je devais continuer. Je n'étais plus reine au milieu des courtisans, j'étais juste moi, Joséphine. Me *trouver contente*, c'est le tour de force que tu exigeais de moi. Tu l'envisageais, était-ce donc possible ? J'étais incapable d'accomplir ce miracle au lendemain de ma répudiation, comme si nos actes pouvaient modifier notre humeur.

Et toi Bonaparte ?

Je serrai contre ma poitrine ta lettre mais les larmes envahirent mes joues. J'avais envie d'aller dans ma chambre, de m'allonger sur mon lit, de pleurer seule, parce que seule, j'étais plus près de toi.

La nuit tombait, ma première nuit de femme quittée. J'avais déjà été sans toi, mais jamais sans perspective de te revoir, la différence était immense. Une tristesse sans issue, sans espoir, sans terme s'abattit sur moi. Je percevais le gouffre qui sépare un prisonnier enfermé pour le restant de ses jours de celui chez qui demeure une possibilité de sortie. L'espoir m'était interdit. Tu ne reviendrais pas. Tu semblais pourtant aimer notre foyer. La famille que nous formions avec Hortense et Eugène, tu enfilais tes pantoufles, les rouges ou les vertes, que tu portais jusqu'à l'usure, tu t'installais près de la cheminée, bercé par nos papotages après les violences de la guerre. Retrouverais-je sans toi cette douce atmosphère ?

Mme de Rémusat m'entourait de son affection.

Elle croyait m'aider en me répétant que le grand palais des Tuileries te paraissait bien vide sans moi et que, selon son mari, tu t'y trouvais fort isolé. «*J'aimais Joséphine. Jamais je ne serai plus heureux*», avais-tu confié à Caulaincourt. Et loin de m'apaiser ces mots me déchirèrent le cœur.

Je m'excusai auprès d'elle mais ce soir-là je préférai

dîner seule à dix-huit heures selon mon habitude, avec ta lettre pour compagnie. Je pouvais relire les passages qui me plaisaient : *Ce lieu est tout plein de nos sentiments qui ne peuvent et ne doivent jamais changer, du moins de mon côté… J'ai bien envie de revenir souvent mais il faut que je sois sûr que tu es forte et non faible. Je le suis aussi un peu et cela me fait un mal affreux.*

Ne doute jamais de mes sentiments pour toi, ils dureront autant que moi.

Je l'ai lue plusieurs fois, des dizaines de fois. J'avais tellement besoin de toi.

Je me suis promenée dans le salon. Les objets choisis ensemble qui m'apportaient jadis tant de réconfort ne me racontaient plus qu'une histoire triste. Là, Van Brée, rencontré dans les Flandres avec toi en 1803. Il parlait avec tant d'intérêt des artistes qu'il avait éveillé notre envie de collectionner. Grâce à lui, nous avions acquis *Le Chapeau de paille* de Rubens et *Jan Six* de Rembrandt.

C'est lui qui m'apprit à apprécier une toile, mais mon goût était bien plus à la mode que le sien. J'achetai seule la *Valentine de Milan* à Fleury Richard qui était devenu mon ami. Valentine pleurait son époux… et je m'étais demandé en l'accrochant si la mort de l'amour n'était pas plus douloureuse que la mort de l'époux. Dans un cas le destin imposait une séparation, dans l'autre la volonté d'un homme. J'avais honte qu'une telle pensée traverse mon esprit, honte d'être cette épouse rejetée. *François Ier*, *Blanche de Castille éloignant saint Louis de son épouse malade*, *Les Adieux de Charles VII à Agnès Sorel*, toutes ces toiles de Richard achetées à prix d'or en salle des ventes se succédaient dans la galerie, et encore la *Clémence de Napoléon envers Mme de Hatzfeld* de Mlle Gérard, ma dernière acquisition. Cette œuvre-là était destinée au musée mais Vivant Denon me l'avait accordée avec ta permission.

Il devait être dix-neuf heures quand Mlle Avrillion me chercha pour m'emmener me coucher. Elle marcha avec moi le long de la galerie menant à ton bureau. Aucune lumière ne filtrait de sous la porte. C'était si triste cette obscurité. Plus personne ne travaillerait ici. Mlle Avrillion m'empêcha d'y pénétrer sans comprendre que j'avais besoin de me rapprocher de ton univers, même si cela me faisait mal.

– *La Malmaison est devenue un musée grâce à vous. Les plus jolies toiles sont dans la galerie, dans les salons, dans votre chambre, pas dans la bibliothèque de l'empereur…*

Je n'avais pas envie de l'entendre ni de lui obéir. J'avais besoin de te respirer, alors j'entrai, une bougie à la main, malgré son interdiction. Tout était resté dans le même état que lorsque tu avais quitté ton cabinet. Ta mappemonde sur laquelle tu m'indiquais les pays que tu voulais conquérir, le livre d'histoire posé sur ton bureau, ouvert à la page où tu avais dû t'arrêter de lire, la plume et l'encre qui dictaient les lois à toute l'Europe.

À partir de cet instant, moi seule ôterais la poussière de tes objets et personne ne devrait rentrer dans ce sanctuaire. J'ai laissé sur ton lit romain ta chemise sans la laver, ta veste, ton chapeau, comme si tu allais revenir.

– *Majesté, ne restez pas ici, il est l'heure de vous coucher, les jours passés ont été bien lourds en émotion, vous allez prendre froid... Vous devez gagner des forces.*

Puis l'œil de Mlle Avrillion s'éclaira.

– *J'ai une surprise pour vous*, dit-elle.

Elle m'attirait hors de la bibliothèque en me tendant une seconde enveloppe à tes armes. Je l'ouvris à la hâte, il s'agissait cette fois d'une invitation à dîner le 25 décembre à Trianon.

Tu m'attendais donc pour fêter Noël. Tu venais de me renvoyer et tu m'appelais à tes côtés. Avais-tu encore quelque chose de plus douloureux à m'annoncer ? Avais-tu trouvé ma remplaçante, déjà ?

Ma première nuit ici fut celle d'une autre vie, d'une autre femme. Quinze jours entre l'annonce du divorce et mon départ des Tuileries n'avaient pas suffi à effacer des années d'habitudes. Malgré la bienveillance de ta lettre, j'avais du mal à entrer dans ma nouvelle condition, comme dans un nouvel habit trop petit, pas taillé à ma mesure, qui m'étouffait. La nuit s'écoula en conversation avec Mlle Avrillion. Elle s'étonnait de m'entendre en termes si doux parler de toi.

– *Une femme normale en aurait voulu à l'empereur*, me dit-elle.

– *Quand aucun autre choix ne s'ouvre devant vous, il faut accueillir celui qui vous est imposé et forcer ses ressentiments à s'y contraindre.*

Elle répétait que j'étais bonne et sage. Ma vie aurait été insoutenable dans une maison sans trace de toi. C'est toi qui avais ordonné d'accrocher aux cimaises de ma chambre les tableaux les plus extraordinaires du musée Napoléon avec la consigne de les renouveler régulièrement. Aucun n'avait été retiré. Presque toutes ces toiles provenaient des collections de Louis XIV à Versailles. Tu m'avais laissée en bonne compagnie avec *La Belle Ferronnière* et *La Joconde* de Léonard de Vinci, la *Vénus* du Corrège, *La Vierge à la chaise* de Raphaël. Mais la beauté ne réchauffe pas le cœur. Des fantômes m'entourent désormais, ces chefs-d'œuvre accusent mon incapacité à jouir de la vie et de ses plus jolis trésors. Nous étions bien tous les deux rue Chantereine dans ma modeste demeure, entourés de mes meubles apportés de Martinique.

Je finis par m'endormir au petit matin, mais très vite les battements de mon cœur et mes sombres pensées m'éveillèrent. J'avais rêvé que je t'attendais, lascive, enroulée d'un châle de Constantinople. Tu me renvoyais sur un autre nuage parce que le châle était mal assorti à ma robe. Mais je te résistais, je refusais.

– Tu ne montes pas te changer ?

– Non, tu as cessé de vouloir mon bien, je ne t'écouterai plus.

Exilé sur ton nuage, tu étais nostalgique de ta gloire, souffrant de ce mal dont tu parlais ces derniers temps : la mélancolie.

Y a-t-il pire torture pour un prisonnier que de se souvenir des temps heureux ? À la prison des Carmes, aucune réminiscence souriante ne venait s'ajouter aux regrets de quitter la vie. Une vie dénuée d'amour et de joie ne pèse pas lourd. Alors que nos nuits étaient difficiles à oublier.

La mélancolie savait où installer son nid : ici nous avions été heureux, glorieux et amoureux.

Certes, la célébrité ouvre grand ses portes aux passions contrariées, nous aurons notre place dans ce panthéon. Par la violence que tu nous imposes, notre pauvre amour restera à la postérité. Cette tragédie me rend digne de ton destin. Par elle, j'accède à la gloire. Maigre consolation.

Je t'aimais plus encore le jour de notre séparation

que celui de notre mariage. Ce tragique renversement était ma punition.

Mlle Avrillion entra dans ma chambre, la mine défaite, elle releva mon dessus-de-lit, replaça quelques fleurs comme si de rien était.

Je la connaissais trop pour ne pas l'interroger.

– *Vous me cachez quelque chose.*

– *Je ne sais pas si je dois vous conter la scène dont Larrey et Constant furent témoins.*

Elle ne pouvait rien me cacher et continua, impassible :

– *En arrivant à Trianon, après la séparation, l'empereur eut quelques convulsions et des vomissements. Il s'arracha la chemise, demanda à Constant de fermer la porte de son bureau, il bavait, avait l'air d'étouffer.*

Mon Dieu, tu avais déjà eu cette crise que Corvisart nommait « épilepsie » lors de notre séjour à Strasbourg ; cette fois je n'étais pas là pour desserrer ta cravate, te donner de l'eau de fleurs d'oranger, maintenir ta tête sur mes genoux, je ne serais plus jamais là… Tes souffrances demeuraient les miennes, l'indiscrétion de ton entourage ne m'inspirait aucune confiance.

Sans rien changer à mes habitudes, nous avons fêté le soir du 24 décembre à la Malmaison. Au lieu de donner des étrennes au personnel, j'avais décidé d'organiser une loterie de bijoux. En vidant mes placards des Tuileries, j'avais récupéré des colifichets rapportés de voyages, qui pouvaient faire le bonheur de ma suite.

Je n'avais pas le cœur à de telles réjouissances mais l'impatience de toute la maison me communiqua un peu de joie. On tira les lots. J'aidai bien sûr un peu le hasard afin que l'archevêque de Tours ne se trouve pas avec une paire de boucles d'oreilles. Je pris une attention particulière à Georgette Ducrest et sa maman, remuées parce que j'avais été obligée, par manque de place, de les éloigner de la Malmaison. Aussi Georgette reçut-elle un médaillon en rubis contenant une mèche de mes cheveux, ainsi qu'une chaîne en perles fines, et sa maman une boîte en or finement ciselée, sur le couvercle de laquelle figurait une miniature à mon effigie. Ma lectrice Mme Gazani reçut un bracelet avec mes initiales en grosses pierres de couleur. Elle fut émue de mon geste, émue de ne lui avoir pas tenu rigueur de s'être laissé par toi arracher à tous ses devoirs... Puis, craignant de tomber amoureux de sa jolie figure, tu l'avais à ton habitude chassée. Les rumeurs de notre divorce couraient déjà les couloirs du palais. Je savais que bientôt nous serions malheureuses toutes les deux et je l'avais gardée malgré son inconduite. Le « sort » attribua à Mlle Avrillion, qui me comblait de ses bontés, une bague en rubis cernée de diamants, qu'elle jura de ne plus jamais enlever...

Hortense avait ajouté une pensée pour chacune de mes dames et même pour l'archevêque. La soirée était animée, le bonheur semblait presque être revenu à la Malmaison. Hortense nous offrit un petit concert, elle chanta et improvisa quelques mélodies pour piano.

Il était déjà tard quand j'abandonnai ma suite pour monter me coucher.

Nous quittâmes la Malmaison le lendemain dans l'après-midi, fatiguées des réjouissances de la veille. Hortense me tenait la main dans le carrosse qui nous emmenait vers toi. J'avais les meilleurs des enfants, peut-être ne fallait-il pas en demander plus ? L'amour entre un homme et une femme ne pourrait-il donc jamais offrir cette tranquillité ? Le seul lien solide sur cette terre était l'amour filial, quelquefois l'amitié, mais en dehors de la cour.

J'aurais dû mettre en garde ma petite fille quand elle me disait vouloir se préparer à l'avance à tous les événements. Elle avait décidé que la vertu devait être sa première passion, qu'elle voulait former son caractère, tout faire pour être aimée du mari que le sort lui destinait, être capable de supporter tous ses défauts : *S'il est léger, je le ramènerai dans le bon chemin, s'il est jaloux, je lui sacrifierai mes moindres plaisirs et je le guérirai…*

Hortense est un ange et je sais que tu apprécies sa bienveillance. Ce jour-là, elle avait soigné sa toilette, pour toi. Elle t'aimait et t'admirait et je savais qu'elle souffrait plus de l'échec de notre mariage que du sien.

– *Maman, ai-je pour la seconde fois perdu un père ?* me demanda-t-elle.

Le paysage défilait, comme lorsque je quittai les Tuileries, Hortense contre moi. J'aurais aimé ne jamais arriver, demeurer quelque part entre la Malmaison et Trianon. Tu m'attendais, c'était suffisant. J'aurais préféré ne pas penser à ce qui justifiait un tel rendez-vous, rester dans le doute, balancer entre deux vies, protégée dans cette berline aux armes de l'Empire tirée par six chevaux, accompagnée d'un piqueur et de deux valets de pied. Mais j'avais décidé de ne point laisser paraître mes tourments.

Hortense avait espéré un amour sans histoire. La réalité avait corrigé ses rêves. Elle prétendait n'avoir eu de véritables amies que dans sa jeunesse et se demandait si l'élévation de notre famille n'avait pas engendré plus de peine que de joie. Elle redoutait tant la jalousie qu'elle cherchait à se faire pardonner le moindre privilège.

– *Maman, la vertu et l'humilité sont de bien belles qualités, on ne doit jamais regretter d'avoir suivi leur chemin, n'est-ce pas ?* me dit-elle.

Que lui répondre ? Ma vertu t'aurait-elle retenu, Bonaparte ?

– *Il n'y a donc pas d'issue heureuse avec les hommes…*

– *Il y a des moments…*

– *Le mal qui nous vient des autres et dont nous ne portons pas en nous le secret reproche devrait nous atteindre sans nous blesser profondément.*

Hortense pensait qu'il fallait accepter ton comportement, sans jamais regretter qu'il n'eût été différent. Mais tu n'étais pas un autre, tu étais une partie de moi, telle était mon erreur.

Hortense parlait toujours bien à propos. Son visage malgré la vie qui ne l'avait pas épargnée avait gardé la candeur de l'enfance. Nous étions collées l'une contre l'autre. De sa jolie bouche sortaient des mots de vieux philosophe : *Le mal qui nous vient des autres devrait nous atteindre sans nous blesser profondément.*

– *Mais comment ne pas en pâtir ?*

Elle me répondit :

– *La décision de Bonaparte lui appartient. Réjouis-toi de n'avoir eu à la prendre.*

J'avais l'impression d'entendre une grande sœur, je la serrai contre moi.

– *Pas de larmes…*, me dit-elle en souriant. *Promis ?*

Je promis sans savoir si j'y parviendrais.

Nous descendîmes de voiture et marchâmes vers toi le long des allées de ce jardin rococo. Trianon allait mieux à ta sœur Pauline : le temple de l'Amour, le ruisseau artificiel, le hameau faussement délabré, ce décor était digne d'une comédie pastorale, pas d'un empereur.

– *Les chèvres ne portent plus de rubans de satin bleu ?*

Tu ris et tu me dis qu'aucun jardin n'était aussi beau que celui de la Malmaison. J'avais calculé qu'en dix-sept ans de mariage tu avais dû passer trois ans à Paris… Avais-je assez profité de ta présence ?

Tu avais l'air d'un amant empressé plutôt que d'un homme au lendemain d'une rupture. Tu m'examinas du regard et quand tu fus suffisamment rassuré de n'avoir pas à me consoler, tu m'adressas un compliment.

Je souriais, tes désirs étaient des ordres, je devais me *trouver contente* en apparence. Il est probable que le reste ne te souciait guère.

En me voyant, tu te permis une plaisanterie :

– *N'avez-vous pas engraissé ? Attention, à vivre à la campagne vous allez prendre des airs de fermière normande !*

Rien ne t'échappait, pas même les deux petits kilos pris grâce à l'acharnement des cuisiniers à me bien traiter. Mes châles tant aimés m'étaient d'un grand secours pour cacher les misères de la vieillesse. Celui que je portais venait de Constantinople, une merveille, mais les transparences de la mousseline laissaient apparaître mes rondeurs malgré les perles dont il était brodé.

L'étoffe était ancienne, elle nous avait sauvé la vie. Nous nous rendions à l'Opéra, quand tu m'avais envoyée me changer parce qu'elle n'était point assortie à ma robe, et ainsi nous avions échappé de justesse à un attentat.

Persuadée qu'elle me portait bonheur, je l'avais choisie pour ma première visite d'ex-épouse. La mousseline s'accommodait bien à mes gestes, favorisait cette *grâce* que mes amis ont eu la bonté de m'accorder.

En m'embrassant, tu me retins dans tes bras quelques secondes de plus que les convenances ne l'autorisaient. Mais après de grands malheurs le cœur est plus prudent à recevoir. Je demeurais tendue, incapable de m'abandonner malgré le parfum de ta savonnette fine à l'orange et ton eau de Cologne de Durochereau dont tu t'aspergeais jadis avant l'amour. À trop la respirer la tête me tournait, les souvenirs de nos nuits m'envahissaient et je n'étais pas encore assez forte pour les repousser.

– Tu n'as donc jamais froid quand tu es bien habillée ?

Ton sourire était plein de la malice de notre ancienne complicité.

Tu avais raison… Mon châle était bien léger pour la saison. Hortense eut aussi droit à ton inspection avant que tu la soulèves dans tes bras comme une enfant.

– Est-ce que les courtisans se déplacent jusqu'à vous ?

À vrai dire, on ne se bousculait plus à l'entrée de la Malmaison comme à l'époque où nous étions mariés.

– Dis-moi la vérité.

Mon silence était explicite.

– Je vais les encourager à vous rendre visite… Ces idiots attendent mon signal, tu verras, ils reviendront.

Nous dépendions de toi, même pour nos relations. Être sous ton autorité, alors que tu n'étais plus mon mari, me procura un affligeant sentiment de subordination. Je n'avais pas les moyens de me fâcher avec toi.

À table devant Hortense, tu tins à énumérer tes largesses. Tu voulais qu'elle juge de ton élégance et te pardonne.

– J'accorde cent mille francs pour l'extraordinaire de la Malmaison, tu pourras donc faire planter tout ce que tu voudras et distribuer cette somme comme tu l'entends. J'ai ordonné que l'on te verse le million que la liste civile te doit pour l'année, il est à la disposition de ton homme

d'affaires pour payer tes dettes. Et encore cinq à six cent mille francs. Tu peux les prendre pour faire ton argenterie et ton linge. J'ai ordonné que l'on te fît un très beau service de porcelaine : l'on prendra tes ordres à cette fin. Je t'offre la parure de rubis…

On m'a tant fait le reproche de ma frivolité que mes détracteurs auraient été surpris de me voir à Navarre réunissant mes dames autour de mes bijoux, non pas pour qu'elles les admirent, mais pour qu'elles se persuadent que les plus belles pierres, les plus belles parures ne sont rien comparées au bonheur d'un foyer réussi. Je leur ai dit avec toute la force de conviction dont j'étais capable : *Mesdemoiselles, n'enviez pas ce luxe qui ne fait pas le bonheur, je vais bien vous surprendre quand je vais vous dire que j'ai été beaucoup plus contente de recevoir une vieille paire de souliers que tous ces diamants étalés devant vous.*

Cette vieille paire de godillots, c'est un marin à bord du vaisseau délabré quittant la Martinique qui me les offrit parce que les pieds d'Hortense étaient en sang. Vois-tu, jamais présent ne me fit plus plaisir. Je suis peut-être moins futile qu'on ne l'a cru. Tu n'as jamais imaginé que je me donnais du mal pour te séduire. Tu aimais le luxe, les parures, les robes de cérémonie. Et moi, ainsi parée, je savais que je te plaisais parce que j'incarnais ta réussite…

Ta liste de cadeaux ne s'arrêtait pas là… Comme si ta générosité illustrait ta culpabilité. Mais je me doutais que tu ne nous avais pas convoquées pour nous énumérer des largesses que nous connaissions déjà. La raison du dîner était autre et tu retrouvas très vite le sérieux des grandes annonces…

Tu nous jaugeas avant de parler, comme si tu évaluais notre capacité à recevoir… Je me recroquevillai sur moi-même, je n'en étais pas à mon premier coup de poignard. Celui qui allait suivre était prévisible. Tu attendis que deux valets presque invisibles débarrassent le plat de viande aux lentilles et que les poires Belle Hélène soient posées sur la table pour nous annoncer avec une certaine gêne ton mariage prochain. Comme ces mots étaient étranges dans ta bouche. Après le mot « divorce », tu prononçais celui de « mariage » et entre les deux, je ne sais pas lequel me fit le plus de mal, malgré leur succession logique…

Tu as redouté un nouvel évanouissement et tout ce qui s'ensuivait, je l'ai vu sur ton visage. Mais je n'en étais pas à ma première gifle. J'avais appris à recevoir, cette fois je ne suis pas tombée à terre, je n'étais pas seule en face de toi, Hortense était à mes côtés. Tu m'as tendu un verre de ton chambertin, je crois bien que je l'ai avalé d'un trait.

Dans un premier temps, tu avais sollicité la main de

la sœur du tsar de Russie, flatté à l'idée de t'allier à la plus vieille famille régnante d'Europe. Las des négociations qui traînaient, craignant un refus, tu avais renoncé au projet. Dommage, le grande-duchesse de Russie me semblait un choix politiquement plus judicieux pour toi. Mais sous l'influence de Metternich, François Ier, l'empereur d'Autriche, afin d'endormir ta méfiance, s'était arrangé pour te faire savoir qu'il t'accorderait la main de sa fille si tu la lui demandais.

C'était donc bien Marie-Louise, une femme plus jeune que ma propre fille, que tu voulais épouser. Avais-tu sciemment choisi le « petit Schönbrunn » pour me l'annoncer ?

– *Je ne la connais pas*, dis-tu, pour me signifier qu'il s'agissait d'un arrangement, pas d'amour.

Quelle sotte ! Je devais être bien blessée pour te répondre :

– *Mme Metternich m'a entretenue de ce sujet et de ton probable choix, j'ai donné mon approbation…*

À peine avais-je prononcé cette phrase que j'en mesurais le ridicule. Mon avis n'intéressait personne, surtout pas toi. Mais l'humiliation de ne plus être au courant des choses qui te concernaient, de ne plus jouer un rôle, fût-il aussi funeste que choisir la femme de mon ancien époux, m'était insupportable.

Bien sûr, tu ne m'avais pas consultée, tout le monde se fichait de mon avis. Les noces se dérouleraient sans moi, pire, je serais seule ce soir-là, puis vite exilée afin que la présence de la vieille épouse ne gêne pas le rayonnement de la nouvelle.

Il était bien loin le temps où tu te contentais d'une femme de l'Ancien Régime, bien loin le temps où, avant moi, tu proposais le mariage à deux ou trois veuves, à Mme Permon ou même à Mlle Montansier, alors âgée de soixante-cinq ans !

Tu n'en étais plus là. Tu envisageais des princesses, des archiduchesses, des familles régnantes ! Mais tu aurais fort à faire avec ta famille. Une souveraine née aux marches d'un trône serait pour elle bien plus redoutable que je ne le fus.

– *J'ai pensé envoyer Eugène à Vienne pour ramener Marie-Louise, il a le tact, l'habileté, la distinction qui conviennent à la cour de François Ier, mais...*

Envoyer mon fils ! Quelle tête ferait l'empereur des Autrichiens ? Non seulement il donnait sa fille chérie à un homme âgé et divorcé, mais en plus celui-ci envoyait le fils de son ex-femme chercher la nouvelle !

– *Cela n'est pas du meilleur goût*, répondis-je froidement, même si cela ne me déplaisait pas qu'à la cour d'Autriche on sache à quel point nos destins étaient liés.

– *Je vais envoyer Berthier.*

Malgré son aspect peu flatteur, crépu, râblé, il avait en effet l'avantage rare d'avoir protégé Louis XVI. C'est donc lui qui, en ton nom, allait prendre livraison de la fille de l'empereur d'Autriche, ton butin de guerre.

Elle aussi se sacrifiait à son peuple. Je me suis sacrifiée en partant, elle, en venant à tes côtés. Cette jeune fille, enjeu d'un marchandage matrimonial, devait abandonner sa patrie, son père adoré, accepter de se livrer à celui qui avait dévasté son pays, amputé son royaume, tué ses soldats pour le repos de sa nation. Cette Habsbourg était comme ta pauvre Joséphine une femme sacrifiée. Nous nous rejoignions toutes les deux dans cette abnégation. Si l'Histoire devait nous trouver un point de ressemblance, c'est là qu'il faudrait le chercher.

Le dîner s'acheva en silence.

Après le café, tu m'invitas à une promenade. Hortense, le cher ange, sortit aussitôt un ouvrage de son sac et s'installa devant la cheminée pour nous signifier de ne point nous soucier d'elle.

L'herbe était glacée, la verte étendue du parc de Trianon était devenue toute blanche. Seuls quelques aiguillons de verdure par-ci par-là transperçaient la gelée. Une dizaine de vieux cygnes bien nourris nous observaient, la vie devait être plus animée au temps des jeux et des badinages de la jeune souveraine.

Nous déambulions dans les allées sans oser nous prendre la main. Tu me laissais avancer à petits pas, sans m'appuyer sur ton bras, malgré le sol glissant pour le cuir de mes fines semelles.

Tu as attendu que nous soyons cachés derrière le hameau de parade pour passer un bras autour de ma taille. Tes lèvres gelées ont effleuré le bout de mes doigts, avec un triste respect.

Je ne t'ai adressé aucun reproche. Ton mariage était une négociation. Metternich était décidé à payer le prix pour sauver l'Autriche. Il fallait que son pays soit bien mal en point pour accepter l'alliance d'une archiduchesse avec le fils d'un petit avocat corse.

À table, Bonaparte, tu cherchais dans le regard d'Hortense quelque approbation, tandis que j'imaginais Marie-Louise dans le carrosse doré traversant un pays mis à feu et à sang, battu à Eckmühl et à Wagram par son futur époux si utile à sa famille. J'étais sûre que tu séparerais Marie-Louise de sa chère gouvernante, que tu lui enlèverais ses habits autrichiens à la frontière pour rompre avec son passé. Toujours les mêmes méthodes, comme s'il suffisait de changer de nom, d'habits ou de relations pour oublier son histoire. Marie-Louise demeurera une Autrichienne, comme sa grand-tante Marie-Antoinette. De même que personne, pas même toi, n'effacera mes cent huit jours passés aux Carmes, de même elle n'oubliera jamais Vienne. Et c'est Vienne qu'un jour elle voudra retrouver.

Je serais morte si je n'avais appris à renoncer, morte

d'avoir été accusée par mon premier mari de porter l'enfant d'un autre, morte de l'exécution d'Alexandre, morte d'avoir entendu mon nom prononcé parmi ceux des condamnés, morte d'avoir vu mes enfants pleurer sous les fenêtres de notre prison. Et pourtant la page la plus lourde à tourner dans mon histoire sera celle-là : notre séparation et ton remariage.

Je me souviens de t'avoir dit :

– Je *vous* souhaite beaucoup de bonheur.

Je te vouvoyais, tu me tutoyais. Tu t'insurgeas :

– *Juge celui de nous deux qui est le plus proche de l'autre…*

Le vouvoiement m'était venu naturellement parce que bientôt tu appartiendrais à une autre.

– *Tu es la femme que j'ai le plus aimée.*

– *La femme parmi les femmes que tu as connues durant notre mariage.*

– *Tu as commencé…*

Il ne suffit pas d'avoir été infidèle pour se protéger des tourments de l'infidélité. Le plus important était d'être la dernière femme de la vie de l'homme aimé et je ne le serais pas.

– *Sans ton frère, tu n'aurais rien su et moi je serais vite revenue vers toi.*

– *Avec Hippolyte dans ton carrosse jusqu'à Milan ?…*

Tu avais eu la force de me pardonner mais tu n'avais pas oublié.

– *Cela ne s'est plus jamais reproduit.*

– *Adorable menteuse.*

À quoi bon en reparler ? L'affaire était jugée…

– *Ne pleure pas !*

C'était un ordre, pas une interrogation. Ta voix avait retrouvé son ton autoritaire. Je te rassurai. Mes larmes s'écoulaient en dedans et mes yeux demeuraient bien secs.

Les larmes n'émeuvent que les hommes amoureux.

Il me restait ton estime, dernier bastion des épouses congédiées. Je devais faire en sorte de ne pas la perdre.

– *Tu seras contente, promets-moi ?*

– *Bonaparte, elle ne voudra pas me rencontrer.*

– *Pourquoi dis-tu cela ?*

– *Un pressentiment…*

– *Fi des pressentiments.*

– *Bonaparte, elle pourrait être ma fille et elle sera jalouse de moi.*

– *Je veillerai à ce qu'elle ne le soit pas.*

– *Faut-il être bien jeune et bien gâté pour s'encombrer du passé, moi je consentirais à la voir, si elle le voulait.*

Cette avancée était à double tranchant. Tu me regardas, étonné, presque peiné. Si je n'étais plus jalouse, c'est que je ne t'aimais plus ?

– *Bonaparte, ne devrait-elle pas au moins m'être reconnaissante pour le grand sacrifice que j'ai fait pour la France et dont elle bénéficie ?*

À ces mots tu m'examinas en silence. Je pouvais lire dans ton regard un peu de ta peine et cette compassion, même muette, me réconforta.

L'accablement que l'annonce de votre mariage déclencherait à Vienne, cette impression que devait avoir Marie-Louise d'être livrée au triomphateur, son devoir de fille de souverain, tu y passais outre. Tu pensais que le faste que tu déploierais pour la séduire suffirait à sécher ses larmes. Je n'étais pas la bonne personne pour te parler du sacrifice de la première princesse d'Europe. Les sujets que j'aurais voulu évoquer m'étaient interdits.

Tu lâchas ma main. Nous approchions du château. Derrière les fenêtres, le nez collé contre les vitres, les dames et les valets nous observaient. Chacun de nos gestes, de nos expressions, serait interprété.

Nous rentrâmes, l'homme qui traversait les champs de neige à cheval était frileux. Une fois dans le salon, tu ne m'invitas pas à m'asseoir dans un de ces extravagants fauteuils de Jacob. L'heure de nous quitter était venue.

Quitter, encore. Le mot « quitter » était attaché à chaque mouvement de notre vie. Nos rencontres seraient dorénavant toujours de courte durée. Nos rendez-vous portaient en eux un compte à rebours.

Tu allais prendre épouse. Quel plus beau parti pour la France que ce mariage avec l'Autriche. Un mariage avec la fille de François Ier, une union militaire pour sceller le traité de Schönbrunn, après la défaite de Wagram.

Soudain tu me demandas :

– *Pourquoi m'appelles-tu toujours Bonaparte ?*

Je t'appelle ainsi parce que tu es un homme au-dessus des autres. Un dieu. Les dieux n'ont ni prénom ni surnom, tu es Bonaparte.

Et tu m'embrassas comme si j'étais encore ton épouse.

Dans la voiture du retour, Mlle Avrillion me dit :

– *On aurait pu croire en voyant Leurs Majestés qu'elles ne s'étaient jamais quittées.*

Tu imagines bien que le jour de ton mariage a été le plus funeste qu'il m'ait été donné de vivre. Le son des cloches me parvenait jusqu'ici. D'après Mlle Avrillion et Mme Ducrest qui eut la bonté de me rendre visite, moi seule les entendais. Est-ce que j'étais devenue folle ?

J'étais, par je ne sais quelle diablerie dont je me serais bien passée, près de vous. Des images m'apparaissaient. Votre mariage était la réplique de notre sacre. La répétition devait être la cause de ces visions. Il y avait dans cette cérémonie une indélicatesse. On n'efface pas un passé par son recommencement.

Mon image se superposait à celle de Marie-Louise, elle portait ma traîne, ma couronne, mes habits. Elle était mon double. La scène se déroulait devant le même public, mes enfants, ma belle-famille, les hauts dignitaires, spectateurs d'une pièce déjà jouée sous leurs yeux.

Alors que je me trouvais seule dans ma chambre, loin de vous, la scène me submergeait. L'archiduchesse savait-elle que c'est ma couronne que tu posais sur sa tête ? Est-ce la raison pour laquelle elle ne voulait pas me rencontrer, la raison pour laquelle il fallait éloigner l'original, celle pour qui la cérémonie avait existé ? J'étais l'ancienne, la vieille. Elle était la nouvelle. Mes propres enfants en tenue d'apparat avaient été invités, avec l'impression d'avoir déjà vécu ce moment, mais c'était alors leur mère que tu couronnais.

Les peintres y mélangèrent leurs pinceaux. Toi et moi, nous avions eu droit au grand David, premier peintre de France. Rouget, son élève, se chargeait du second sacre. Confronté aux similitudes, Rouget n'avait qu'à reprendre les éléments de la composition de son maître. D'ailleurs n'avait-il pas lui aussi travaillé au chef-d'œuvre de David ? Il était entraîné. Le chatoiement des étoffes, de la fourrure, les personnalités du régime, cette cour brodée, il connaissait déjà, il savait faire. Quant à l'attitude de la nouvelle impératrice, elle ressemblait à la mienne. Attitude de soumission : tête baissée, mains jointes, seuls le visage et la couleur des cheveux de la jeune impératrice changeaient. La couronne, en les masquant, se chargeait d'accentuer nos ressemblances. Mais Marie-Louise était trop grande, elle te dépassait d'une tête. Que faire ? Tricher, réduire l'écart entre vous de quelques centimètres ?

Sur la toile, tu sembles petit à ses côtés, sa taille nuit à ton prestige. Tu n'es plus le général famélique au regard d'aigle acéré, tu as quarante ans, tu as perdu tes cheveux et ton visage s'est empâté. Nous étions mieux assortis quand nous inaugurions la frise que David devait livrer à la postérité, témoignage de la légitimité du pouvoir impérial, un tableau sacré, comme celui de Rubens qui peignait le couronnement de Marie de Médicis. Vous n'avez fait qu'imiter. Rouget a recopié notre représentation qui était elle-même inspirée des souverains médiévaux reproduits dans les manuscrits.

De mon lit où je suis allongée, le tintement des cloches, l'envol des carillons m'emportent. Suis-je prise de démence, de maladie des nerfs ? Les sonorités riches et profondes de l'orgue s'échappent de l'intérieur du Louvre, déguisé en cathédrale, et me transportent dans le Salon carré. Vivant Denon, terrifié par ta menace de brûler les toiles, a fini par les enlever. Les murs sont tendus d'étoffes bleues brodées d'or et de tapisseries des Gobelins. Tu as forcé le cardinal Fesch à procéder à la bénédiction des anneaux et des pièces d'or. Six candélabres et la croix processionnelle vous font face.

Pauvre cardinal qui nous avait mariés, tu l'obliges à recommencer, comme si notre union du 1er décembre 1804 ne valait rien. Tu t'es arrangé pour rendre nulle la célébration religieuse à laquelle je tenais tant, par dévotion mais aussi, je le confesse aujourd'hui, pour t'obliger à me garder. Mais tu étais plus malin que moi. En évitant les témoins et le curé de la paroisse, seul apte à célébrer le sacrement, notre lien devenait défectible… Envisageais-tu déjà la possibilité d'un divorce ? Tu ne voulais pas être prisonnier du sacre, et je serais le *joli monstre* ?

Le cardinal a protesté. Il avait dans la chapelle de Fontainebleau baptisé le troisième fils d'Hortense et Louis. Il devait avoir l'impression de nous trahir. Du reste, tout le monde me trompe. Mes enfants ? Je les y ai obligés, mais les ecclésiastiques, ma belle-famille, les courtisans, tous sont là de leur propre gré. Compte-t-on un jour un seul ami parmi la cour ? Tel est ce monde.

Tu entraînes l'univers entier contre moi. Tu es le plus fort, ils te suivent. Je ne présente aucun avantage. Je ne suis plus rien. Tu tiens ta nouvelle épouse par la main, comme tu as tenu la mienne. Les princes et les princesses vous entourent, comme nous autrefois.

Le grand maître de cérémonie entame une profonde révérence à l'homme qui domine un empire de cent trente départements, des territoires qui s'étendent de l'Elbe au Tibre, mais qui n'a pas encore d'héritier. Je redoutais le titre d'impératrice pour cette raison. Je savais qu'une fois empereur, il te faudrait une dynastie.

Maintenant, vous retirez vos gants. Le grand chambellan reçoit les tiens et, si je me souviens bien, la dame d'honneur ceux de l'impératrice. La messe peut commencer.

Seul le lieu a changé. Le Louvre, malgré le mal que les décorateurs se sont donné pour les secondes noces, ne sera jamais Notre-Dame où tu me fis impératrice, ne sera jamais une cathédrale consacrée à Marie, Mère de Dieu. C'est à Notre-Dame que les Parisiens veillèrent le corps du roi Saint Louis, que le roi Henri IV et Marguerite de Valois ont reçu la bénédiction nuptiale. Là, tu épousas la tradition monarchique et catholique française, comme Charlemagne mille ans plus tôt, sacré empereur par un pape. Mais toi, tu choisis de te couronner toi-même. Pie VII, ta victime résignée, fut seulement autorisé à donner sa bénédiction. Tu marquais ainsi ton indépendance vis-à-vis de l'Église, et tu couronnais toi-même ta femme.

Tu m'as remplacée devant Dieu, devant les Français, devant ta famille, devant la cour. Et dans ton cœur ? J'ai la faiblesse de croire que tu penses à ta pauvre Joséphine, que le faste est pour elle, l'archiduchesse apprivoisée, mais que ton trouble est pour moi.

L'oreiller est inondé de mes larmes. La maison est silencieuse, personne n'ose frapper à ma porte, tous respectent ma douleur.

Pendant le dîner où tu m'annonças tes intentions, j'étais désespérée, mais tu étais encore là. Je pouvais tendre ma main, te toucher, attraper dans ton regard cette culpabilité qui est encore un sentiment. Notre séparation pour toujours était chimérique.

Vois-tu, le sort m'avait été si favorable jusqu'à ce jour que je pouvais croire à quelque revers sans conséquence.

À présent, le vide me fait face. Je ne m'évanouis pas. J'aimerais perdre connaissance, la connaissance de ce que je vois. Aux Tuileries mon évanouissement fut un répit, je sombrai dans une sorte d'endormissement, mais comme j'avais abusé du processus, tu imaginas une comédie. Ma pâleur et mes spasmes finirent par te convaincre et tu me portas secours.

J'étends mes mains, le lit est glacé. Tu ne pourras plus jamais me porter secours, plus jamais me soulever si je tombe dans ma chambre. Ma solitude est sans issue.

Quand tu partais à la guerre, tu revenais, il m'arrivait d'attendre six mois mais tu revenais. L'attente est une présence différée, une présence envoûtante et obnubilante, chargée d'espoir, de souvenirs. Je n'ai plus même le droit à l'attente. Je la détestais et je la regrette aujourd'hui. Dans l'espoir, nos rêves les plus sensuels se nichaient et tes retours les célébraient. Le divorce sonne la fin même de cette espérance. Tu épouses un État. Un État déguisé en femme. Je n'étais qu'une femme, sans titre et sans pays. Sans père pour me négocier. Je comprends la jalousie de Marie-Louise. Son trousseau recèle des terres, des accords, l'obligation d'enfanter. Alors qu'en m'épousant, tu n'épousais que moi.

D'un côté un mariage d'amour, de l'autre un mariage arrangé.

Mais le présent gagne contre le passé, même recommencé. J'ai mal au présent.

Tu poses la tiare sur sa tête. Je connais le poids de la couronne. Je ressens sa charge, la griffure de l'or et des pierres comme si tu m'en ceignais une seconde fois. Tu répètes un geste. Un geste inventé pour moi.

Une tiare invisible pèse sur mon crâne. J'ai mal à la tête. Elle a pris mon titre. Nous sommes deux impératrices maintenant, malgré les problèmes que cela te pose, puisque tu n'as pas osé annuler mon sacre.

Je suis devenue une ex-épouse, une ex-reine. Elle est épouse et reine, les mêmes scènes seront peintes, il suffira de remplacer mon visage.

Comment as-tu fait pour ne pas penser à moi en brandissant l'ornement ? À cette première fois où tu as élevé le trésor sur la tête de Marie-Josèphe Rose Tascher de La Pagerie, rebaptisée Joséphine par toi-même ?

Moi, couronnée de tes mains impératrice des Français et reine d'Italie. Un geste dicté par l'amour, contre les membres de ta famille. Tu leur avais opposé ma bonté... Parce que moi, si tu avais été jeté dans une prison au lieu de monter sur un trône, j'aurais partagé tes malheurs. Il était juste que je participe à ta grandeur, leur avais-tu dit : *Oui, elle sera couronnée, elle sera couronnée, dût-il m'en coûter deux cent mille hommes*.

Ton remariage a été dicté par mes ennemis. Ils ont choisi Marie-Louise contre moi, pour ses titres, pour la gloire de l'Empire... Elle est la fille de François Ier d'Autriche, donnée en mariage après une défaite dans les plaines de Marchfeld. Donnée, donnée comme une marchandise, un trophée.

La pauvre a dû quitter Vienne, voyager tremblante, pelotonnée dans une couverture pour se protéger des vents coulis, jusqu'aux Tuileries. Elle ne devait pas se sentir chez elle au milieu de ces gens qui, dix-sept ans auparavant, avaient décapité sa grand-tante, ni très à l'aise auprès d'un mari âgé, qu'elle ne connaissait même pas. Un guerrier aux manières si différentes de celles de la cour d'Autriche, pauvre princesse terrorisée par l'Ogre dans son carrosse... Peut-être a-t-elle laissé à Vienne un garçon de son âge en pleurs ? Tu as fait interdire par un ordre écrit la présence de son chien, comme il doit lui manquer. Sait-elle que ton traumatisme date de notre première nuit où Oscar surgit des couvertures et te mordit au sang ?

Et toi qui penses ainsi être accepté au sein d'une

famille de souverains légitimes, tu considères qu'il suffit d'épouser une Habsbourg, descendante d'une lignée d'empereurs germaniques qui remontent aux César, pour être accueilli dans l'illustre famille. Mais ton beau-père n'est point naïf. Derrière ton dos, il te traite de *snob*, il connaît ta motivation et les siennes, il sait combien l'amour est éloigné de ces négociations.

J'ai vécu la douleur des mariages arrangés. J'avais quinze ans quand mon père choisit Alexandre de Beauharnais, le *beau cavalier* comme le surnommait Marie-Antoinette. Le *beau cavalier* m'emmena danser en enfer.

Il est vrai que tu t'élèves dans l'échelle sociale bien plus haut qu'en m'épousant, même si tu me croyais de plus noble extraction que je n'étais. Le grand dénuement de la famille arrivée en pleine guerre civile à Toulon t'a marqué. Ton esprit de revanche est né de vos possessions saccagées, de vos biens pillés dans ce petit refuge à La Valette d'où il vous fallut vite fuir. L'enfant que tu étais dut se sentir humilié.

Notre union était celle de deux blessés par la vie. Nous nous ressemblions. Cette fois tu épouses une enfant gâtée, une princesse qui ne connaît ni peine, ni déchirement, sinon le devoir de te rejoindre.

La raison d'amour, seule, puisqu'il était déjà entendu

que je ne te donnerais jamais de successeur, souleva tes mains au-dessus de ma tête.

Et malgré ma souffrance, je préfère ces motivations qui me firent impératrice. Quelle tristesse de remplacer une femme parce qu'elle est stérile, de se satisfaire d'un mari, fût-il empereur, cynique au point de prétendre *épouser un ventre royal* ! Notre relation, bien qu'imparfaite, fut plus romantique. Nous étions des amants avant d'être des époux.

Je me suis agenouillée. La froideur des dalles glace mes genoux. La scène se déroule d'un côté dans la salle majestueuse d'un palais, de l'autre dans une chambre à coucher, la mariée porte une robe brodée de perles, l'autre une chemise de nuit. Elles ont toutes les deux les mains jointes, mais l'une est vieille et pleure, l'autre est jeune et se donne en spectacle. Elle y est bien obligée.

Je ne peux plus prier pour nous, « nous » n'existe plus, alors je prie pour toi, pour que ta détermination ne laisse pas place au désenchantement.

Je m'oublie dans mes prières. Je pense à toi qui as plus de qualités que moi, et à ton destin.

Tu m'avais dit que *la France serait ma seule rivale* et j'ai accepté la France pour rivale. Une rivale à notre hauteur. Nous n'étions plus un homme et une femme, nous étions deux obligés, dépassés par le destin. Un couple complice d'une certaine façon par ce sacrifice commun. Les mêmes sentiments nous ont habités, mais décalés. Tu m'as précédée de quelques années dans l'intensité, mais j'ai fini par te rejoindre.

Marie-Louise a dû éprouver bien de la terreur et toi une impatience nerveuse, cette nuit-là. C'est au nom de Habsbourg que ton désir s'éveille. Ma répudiation était le passage obligé de ta mégalomanie, et en quelque sorte précédait ma réhabilitation.

J'ai mal aux pieds comme s'ils étaient encore chaussés des souliers du sacre aux inconfortables bordures d'argent. Ma tête est couronnée d'invisibles diamants. Ne suis-je pas impératrice ? Plus encore que pendant ces années où j'étais ton épouse. Je le suis seule à présent, sans toi. Le titre m'appartient, tu me l'as donné. Marie-Louise n'existe qu'à tes côtés.

Le 2 avril 1804 à onze heures, dans la peine et dans la résignation, moi, Marie-Josèphe Rose Tascher de La Pagerie, je devenais l'impératrice Joséphine.

Une impératrice aujourd'hui sans empereur, épuisée de se remémorer les scènes du passé.

Combien de temps fallut-il à Hortense pour entrevoir un peu de lumière après la mort de son enfant ? J'ai honte de comparer ma douleur à celle d'une mère. J'ai perdu un homme. Je porte le deuil d'un homme vivant. J'entends les cloches de ses épousailles, les applaudissements, je vois la foule, les précieuses tenues d'apparat, la robe crème de la mariée presque identique à la mienne. Tu t'en souviens ? Rien ne t'échappait autrefois. Cela ne te dérange pas de retrouver le satin nacré de ma robe, l'hermine de ma traîne, sur une autre ?

Elle te regarde, vous n'avez pas passé assez de nuits ensemble pour vous aimer. Elle ne sait pas encore que tu dors un mouchoir de madras noué sur le front, que lors de tes crises de dysurie tu peux passer la nuit dans un bain chaud. Elle ne sait pas que dès l'aube tu dictes des lettres à ton secrétaire en robe de chambre de molleton blanc qui te grossit beaucoup. Elle ne sait pas encore dans quelle prison dorée elle va tomber.

Je me relève en m'aidant d'une des colonnes de mon lit à baldaquin. Je rajuste ma chemise de nuit, il est onze heures, Garat, Naderman et Duvernoy m'attendent pour déjeuner. Il fut bien difficile de trouver des personnes qui n'étaient pas invitées à la noce. Tous y ont accouru, même ceux qui étaient contre. Nous allons établir ensemble le programme de musique afin de faire revivre la Malmaison. Je dois me vêtir, les femmes de chambre derrière la porte s'inquiètent, je ne dois rien changer à mes habitudes, malgré les cloches qui résonnent dans ma tête. Le bonheur, pris au piège de la comédie, finira par revenir. La ronde des obligations devrait m'entraîner loin de la tempête intérieure. Le maintien passe par les gestes. Mlle Avrillion y veille, elle me force à me lever quand je préfère me coucher sans dîner.

Parfois les larmes me soulagent d'une pression trop forte dans ma poitrine et je te désobéis, je pleure. La raison d'État oblige mieux que la raison de soi. En cela tu avais de la chance.

Je me suis assoupie, morte de fatigue, comme si toute la matinée j'avais été écrasée sous le poids du somptueux et pesant manteau du sacre. La reine de Naples, la princesse Borghèse, la duchesse de Toscane ont-elles autant détesté porter la traîne de Marie-Louise que la mienne ? Je me souviens combien tu les priais et quelle mauvaise volonté elles montrèrent jusqu'à marcher dessus pour me faire tomber.

J'entends des coups de canon. La révolution éclate ? Dix, vingt, trente, quarante, cent coups de canon déchirent l'assourdissant silence, à moins que, pris de folie, tu aies ainsi voulu annoncer l'entrée des souverains dans la ville de Paris, claironner aux Parisiens que l'auguste couple est désormais uni. Spectacles, divertissements, des milliers de personnes ripaillent et prennent d'assaut des buffets abondants, tandis que les rois et les reines, l'échine pliée, se mettent en rang à votre passage.

– *Majesté, pouvons-nous entrer ?*

Mes dames s'inquiétaient, j'étais toujours d'une ponctualité scrupuleuse…

– *Nous avons une belle nouvelle à vous annoncer.*

Une *belle nouvelle*, alors que carillonnaient dans tout Paris et aux alentours les cloches de ton mariage ?

J'ouvris la porte :

– *Deux petits cygnes noirs sont nés en captivité !*

Je souris, cette naissance m'aurait rendue bien joyeuse en d'autres circonstances. Elle eut l'effet inverse. Je mesurai mon incapacité à jouir de ce qui jadis me rendait si heureuse.

Je ne voulus point les décevoir et j'adoptai l'attitude d'une personne enjouée :

– *Allons les voir ! Faites-moi donner des morceaux de pain et courons à la ménagerie, j'enfile des sabots !*

Savais-tu que des kangourous, des lamas, des moutons

du Cap, des daguets sont pensionnaires à la ménagerie ? Que certains me reconnaissent ?

– *Majesté, les musiciens vous attendent au salon, ils se sont déjà promenés autour de l'étang de Saint-Cucufa.*

Je les avais conviés à déjeuner en ce triste jour, comme un garde-fou. Même si je m'effondrais intérieurement, ils m'empêcheraient de me laisser aller. Je passai près de trois heures dans mon cabinet de toilette entre les mains de mes femmes de chambre. Loin de la transparence de mes robes de jadis, je suis contrainte à des étoffes plus épaisses pour cacher les baleines de mes corsets. Je demeurais raffinée dans le soin de mon corps et mon visage, mais j'abusais des fards comme toute femme qui se sent vieillir.

À l'instar de Marie-Antoinette au Trianon, j'allais commencer de transformer la Malmaison en un lieu de culture et des musiciens s'y produiraient.

Le ténor Garat était considéré comme la plus belle voix de France et François-Joseph Naderman, le harpiste, et Duvernoy, le corniste, comptent parmi les habitués de mes soirées. Mais ces projets n'étaient-ils pas au-dessus de mes forces ? J'avais du mal à trouver l'enthousiasme nécessaire à leur réalisation.

– *Alors nous les emmènerons voir les cygnes noirs après le café…*

– *C'est merveilleux ! Majesté, vous êtes la première à*

avoir réussi à faire se reproduire en captivité des cygnes noirs d'Australie !

Mlle Avrillion me félicitait tout en m'examinant. Rien ne pouvait apaiser le bourdonnement dans mes oreilles, pas même les cygnes noirs rapportés par l'expédition Baudin.

– Vous les entendez ?

– Pardon, Majesté, je suis supposée entendre quoi ?

J'étais donc seule à entendre le son des cloches.

Mlle Avrillion comprit mon état d'indisposition et tenta de parler d'autre chose pour me divertir de mes pensées :

– Nous pourrons montrer aussi à ces musiciens les gazelles et les kangourous…

– Oui.

– Je vous fais présenter quelques robes ? Il faut vous vêtir, ces messieurs vous attendent.

Mlle Avrillion décida de ma tenue, sans que j'y prête aucun intérêt.

Je laissai ma chambre avec regret. À croire que je préférais mes noires pensées, parce qu'elles me rapprochaient de toi, aux invités qui tentaient de m'en éloigner.

Je m'efforçais avec leur concours d'établir un programme de concerts, j'étais comme la rescapée d'un naufrage, épuisée. Les musiciens se montrèrent très délicats sur l'événement du jour. Pas une fois il ne fut évoqué. Mais on me prodigua une si grande bienveillance qu'elle frisait la compassion. Après le café nous visitâmes la ménagerie. Les bêtes en liberté animaient joyeusement le paysage, mais j'étais au bout de la représentation que je pouvais offrir. J'avais besoin de te retrouver. Je les abandonnai devant les cygnes noirs, incapable de ressentir la moindre émotion.

À peine avais-je tourné les talons que mon esprit destructeur se remettait en marche. Qu'avais-je donc fait pour en arriver là ? Je m'étais amusée à faire languir les hommes… Térésa Cabarrus était bien plus délurée à ce jeu, plus à l'aise en société, elle m'entraînait. Sans elle, aurais-je passé le pas de la trahison amoureuse ? Sans mon inconduite, aurais-tu divorcé ? Hippolyte était un jeune lieutenant de hussards engagé à dix-neuf ans comme volontaire dans l'armée. Il avait neuf années de moins que moi, portait l'uniforme, un parfum épicé, la moustache et les favoris comme personne. Son teint basané me rappelait le soleil de la Martinique. Il savait rire et faire rire, raconter des calembours. Il avait du temps. Rien de sérieux ne pouvait nous lier.

Avec Hippolyte, cela commença comme une coquetterie, puis les relations ont basculé. À trop se voir on finit par trouver une place à celui qui n'en a pas.

La place de l'ennui, la nécessité de remplir le vide.

Le désœuvrement enferme dans l'atelier du diable.

Moi qui mettais en garde mes enfants contre l'inactivité, je ne savais pas qu'à tout âge ses effets peuvent nous rattraper.

La barrière est étroite entre le divertissement et l'adultère. J'ai sombré sans m'en apercevoir. Un moment d'inattention suffit, une glissade, un manque de volonté, de caractère. La difficulté de dire non, de décevoir, alors qu'on aime faire plaisir. Quand l'estime de soi manque, la volonté de l'autre prend vite le dessus.

Au début je ne pensais pas mal agir. Je répondais à une sollicitation, je meublais ma solitude sans malice, juste l'envie de me distraire, d'éviter la mélancolie que l'absence favorisait. Rien de tout cela n'aurait existé si tu avais été là plus souvent.

Je pensais pouvoir mettre un terme aux avances d'Hippolyte. Mais tes absences me pesaient. Je remettais au lendemain ma décision de ne plus le revoir. Et je ne lui faisais point parvenir les lettres interrompant cette relation.

Au lieu de répondre à tes missives, j'ai lutté pour me débarrasser de lui. Il était entreprenant, persuasif, j'étais seule. J'avais besoin d'étreintes. Les lettres, fussent-elles couvertes de mots d'amour, réchauffent mal. L'assurance que ma liaison demeurait secrète m'a poussée au péché.

Entre ses bras, j'ai oublié l'absence, pas l'absent.

Bonaparte, c'est l'absence que je trompais. L'absence

m'avait joué des tours, je la redoutais, j'aurais dû t'en avertir quand à peine marié tu m'avais annoncé ton départ, j'aurais dû me méfier de mes traumatismes et te suivre en Italie. Mais je ne savais pas que mes tourments d'antan m'enseveliraient avec cette force. J'étais faible, démunie face à l'envahissement du passé. Tu étais parti sans que nous ne nous soyons imprégnés l'un de l'autre. Je te connaissais peu. Les années auraient ajouté leur poids à mes responsabilités.

L'absence ne débouchait sur rien, sur le vide, je n'en voyais pas la fin. Elle aboutissait parfois à la certitude que tu ne reviendrais pas ou que tu reviendrais différent, endurci par la guerre comme mon premier mari. Comment demeurer identique après de si longues séparations, identique après avoir vu mourir tes soldats ? Mais tu savais passer du sang et de la boue aux draps brodés de la rue Chantereine. Il y a toujours eu plusieurs hommes en toi.

La rumeur de ma liaison avec Hippolyte Charles a suffi à freiner ta passion. Tes lettres ne se ressemblaient plus. La souffrance avait transformé tes sentiments, elle les avait alourdis des doutes et des larmes. Ton amour avait perdu de son insouciance et tu ne te donnerais plus jamais avec la même fougue.

Tu t'es trompé, ma réticence à répondre à tes premières lettres n'avait rien à voir avec mes divertissements. Ma retenue était une petite stratégie.

Tu n'étais pas un homme comme les autres. Tu étais un guerrier, *mon Achille*... Rien n'aurait été plus facile que de t'écrire quelques mots d'amour, sentis ou pas, et combler tes désirs. Si je ne te répondais pas, c'était pour exciter ta flamme. Et j'y parvenais, non ? Ma méthode, même si tu t'en plaignais à longueur de lettres, était bien efficace. Tu étais l'homme le plus courtisé du pays, tu étais le chef, tu aimais la difficulté, tu étais un conquérant, que serait-il advenu d'une femme plus âgée de six ans qui t'inondait de mots d'amour ? Tu m'aurais annexée comme un territoire conquis...

Alors je gérais mes faveurs, elles n'en avaient que plus de prix. Je cultivais le manque, l'envahissement de mots tendres t'aurait lassé. L'Ogre s'en serait vite repu. Tu voulais toujours la parcelle de terrain qui te faisait défaut. Je devais demeurer lointaine, difficile, comme un pays inaccessible. Ma force était là. Tous étaient à tes pieds, je devais résister.

L'affaire Hippolyte fut pire qu'*un crime*, *une faute*, aurait dit Fouché. Les années qui suivirent me transformèrent en femme coupable et soumise. Tu aurais pu faire l'économie des sentinelles sous ma fenêtre et des gardes devant ma porte, je n'attendais que toi... Parfois je me demande si je n'étais pas la cause de quelques articles du Code civil à la gloire de la primauté masculine ! Sache que j'approuve l'obéissance des femmes à leur mari, le devoir d'habiter avec lui et de le suivre partout où il juge bon de résider. Et je te félicite de la protection qu'en retour les maris doivent à leur épouse…

Je me souviens du moment où nos rôles se sont inversés, où, à mon tour, j'ai souffert des tourments de la jalousie. Oui, j'avais organisé en secret avec Fouché un système d'espionnage. Quand tu prolongeas ton séjour en Pologne, je savais que tu y avais rencontré quelqu'un.

Tu mentais, alléguais que dans les déserts de Pologne, l'on songe peu aux belles. Les tarots n'annonçaient rien de bon, mais je persistais à vouloir te rejoindre. Je n'en pouvais plus d'être sans toi à Mayence.

Tu invoquas l'état des routes. Je devais renoncer à faire trois cents lieues dans cette saison, à travers des pays ennemis. Tu prétextas que tes quartiers d'hiver n'étaient pas prêts. Tu devenais prudent… et plus tu attendais, plus on entrait dans le cœur de l'hiver et moins les routes seraient praticables. Mes lettres nourries de reproches et d'amour ne parvinrent pas à t'influencer.

Tu me conseillas de rentrer à Paris, d'aller aux Tuileries, de mener la vie dont j'avais l'habitude, de recevoir, de sortir, de me rendre à l'Opéra. *Sors, amuse-toi, c'est ma volonté*, m'écrivais-tu. La vie dont tu avais horreur quand tu m'aimais. Quel conseil plus cruel pour une femme que cette marque d'indifférence ! Mon infidélité avait provoqué la tienne, et tes divertissements avaient guéri ta jalousie. Voilà ma plus grande peine.

L'hypocrisie s'en mêla. Tu tentas de me faire croire que la décision de retarder de quelques semaines le bonheur de me voir te coûtait : *Mais ainsi l'ordonnent les événements et le bien des affaires*. La jalousie t'avait déserté : *Si tu veux m'être plus chère encore, montre du caractère et de la force d'âme*.

Il est fragile, l'équilibre amoureux. La souffrance que j'avais provoquée finit par t'éloigner de moi. Le masochisme a des limites. Tu te permis une totale liberté et moi j'héritai du poison de la rivalité.

Mes lettres quémandant de te rejoindre étaient un poids. Le temps où tu me suppliais de venir était révolu. Ce temps où tu m'incitais à voyager par n'importe quel climat, n'importe quelle route, malade ou pas, pour calmer tes ardeurs, était périmé.

L'amour que tu m'as inspiré m'a ôté la raison ; je ne la retrouverai jamais. On ne guérit pas de ce mal-là. Tu n'écrivais plus ces mots-là, la raison avait pris le dessus. Ces mots, tu les destinais à une autre. La comtesse Walewska s'appliqua à te guérir… Elle ne devait pas être très loin quand tu m'encourageas à me rendre à Paris. Si tu avais pu, tu m'aurais envoyée à la Martinique auprès de ma mère…

Moi aussi, j'ai menti et je sais qu'à force de transformer la vérité, on s'y perd. De bonne foi, je finissais par me croire.

La vérité du passé n'est pas celle du présent.

Le passé a disparu, est-ce la preuve qu'il n'a pas compté ?

Hippolyte a perdu tout intérêt quand tu as découvert son existence.

Est-il possible qu'il n'ait été qu'un jeu ? Un divertissement qui excite le cœur et le corps ? Ne blâme pas la nature que tu as adorée, la nature qui a enchanté tes nuits. Je suis faite ainsi. Sans ma fantaisie, tu ne m'aurais pas connue, parce que je ne t'aurais pas plu.

L'histoire se redessine autrement. Je ne pouvais répondre à tes questions avec la vérité du moment. Hippolyte m'avait séduite au point de prendre des risques, de partager ma calèche alors que je venais à ta rencontre. Cet épisode de ma vie me fait horreur. Bonaparte, je ne me reconnais pas dans l'énumération de mes fautes. Tu les ravivais en m'accusant d'être montée chez le citoyen Bobin, en prononçant l'adresse de Charles au 100, faubourg Saint-Honoré. Ces détails existent si peu quand on ne les nomme pas. Ma plus grande faute serait-elle l'imprudence ? Un rien, une passade devenue affaire d'État. Pour notre malheur, tes espions m'entouraient. Tes pires ennemis sont Junot et ton frère. Ils sont plus coupables que moi. En t'avertissant ce sont eux qui t'ont fait le plus de mal. Hippolyte Charles aurait disparu de ma mémoire s'ils avaient retenu leur langue et ta Joséphine repentie t'aurait attendu dans son lit bien douillet, prête à te prouver combien elle t'aimait.

Le pire fut quand tu agitas sous mon nez une lettre qui commençait par *Mon Hippolyte, Toi seul a ma tendresse, mon amour*. Comment nier l'ampleur de nos relations ? Ah, s'accrocher à quelques mots sans avenir, couchés sur un papier...

Je t'enverrai Blondin pour t'indiquer une heure où me retrouver. « On » nous surveille, catastrophe proche. Adieu, mon Hippolyte, mille baisers brûlants, comme mon cœur est aussi amoureux. Tu me torturas en me demandant si *Blondin* était le nom de code de notre domestique, si *« on »* c'était toi et *la catastrophe* la découverte de nos manigances. Mes misérables roueries, mes noms d'emprunt, notre lieu de rencontre, mon triste secret étaient éventés.

Tu avais intercepté d'autres lettres, et à t'entendre prononcer l'adresse de la rue du faubourg Saint-Honoré, je fus gênée comme si tu nous avais surpris. J'étais *méchante, laide, bien laide, autant que légère*.

Je n'étais surtout pas fière de moi. J'avais l'impression que tu parlais de quelqu'un d'autre, tant mes propres agissements m'indignaient. Un dédoublement s'était produit, une autre avait pris les commandes de moi. Et je niais, je m'enfonçais dans le mensonge et cela te rendait fou. Je mentais parce que cette femme adultère n'était pas moi et que je la détestais encore plus que toi.

Ces situations existent dans le secret ; le voile levé, elles s'évaporent. Il en restait un vague souvenir, plus douloureux qu'agréable. J'ai bien du mal à me replonger dans cette affaire, mais tu dois savoir combien je me méprise, combien je le regrette. Tu souris ? Tu penses que j'exagère. Pourquoi ? La vérité ne me fait pas peur. Je n'ai plus rien à perdre.

Tu avançais armé dans la vie, comme sur un champ de bataille, balançant les preuves apportées par tes frères, des fiches de police, nos lieux de rendez-vous, et mes affaires financières. J'étais cernée.

Je savais qu'au fond de toi, dorénavant, cette blessure s'ouvrirait à la moindre occasion.

Malgré ta déception, nous devions décider de l'avenir de notre couple. Comment divorcer quand tant d'intérêts nous liaient ? Qu'allais-je devenir sans toi ? J'étais endettée, je n'avais pas de quoi payer l'école de mes enfants. Mes pleurs finirent par avoir raison de ta décision, même si, me dis-tu, *le malheur que j'éprouve est incalculable, ma vie est empoisonnée et mon âme brûlée.*

Il fallut attendre six années après mon aventure pour que tu te rapproches à nouveau, mais plus jamais avec la même fougue.

Tu avais perdu cette candeur qui te rendait si émouvant, si différent des autres hommes : *Tous les jours récapitulant tes torts, tes fautes, je me bats le flanc pour ne plus t'aimer, bah ! Voilà-t-il pas que je t'aime davantage. Enfin, mon incomparable petite mère, je vais te dire mon secret : moque-toi de moi, reste à Paris, aie des amants, que tout le monde le sache, n'écris jamais, eh bien ! je t'en aimerais dix fois davantage. Si ce n'est pas la folie, fièvre, délire ! Et je ne guérirai pas de cela (oh ! si, pardieu, j'en guérirai) ; mais ne va pas me dire que tu es malade, n'entreprends pas de te justifier. Bon Dieu ! Tu es pardonnée ; je t'aime à la folie, et jamais mon pauvre cœur ne cessera de donner son amour.*

Quel gâchis ! Bonaparte, je sais que c'est impossible à expliquer et inexcusable, mais entends-moi, par cette trahison, je me suis prouvé que j'étais sortie de l'enfer, de la menace de la guillotine et de l'odeur du sang. J'ai vécu dans une cage répugnante, j'ai dormi sur un matelas de paille empuanti par les immondices.

J'ai vu passer les charrettes qui mènent les victimes entassées par dizaines à l'échafaud, j'ai vu le tablier du bourreau maculé de leur sang. Je pensais m'arranger avec la vertu une fois sauvée. L'urgence était de retrouver le goût de la vie et cela passait par le sourire et les calembours d'un jeune militaire. Ma tête était aussi déréglée que cette époque. Il fallait railler la mort.

Quel homme pouvait le comprendre ? Malgré tes sentiments, j'avais ouvert une brèche. Tu finis par y trouver avantage. Le moment venu, tu t'y engouffrerais, débarrassé de la culpabilité. Tu étais tout entier dans l'amertume qui est l'antidote du pardon. Tu menais contre moi une vendetta, comme on dit dans ton pays, qui frisait la cruauté.

Tu t'autorisais tout, tu me disais : *« Je ne suis pas un homme comme un autre et les lois de la morale ou de la convenance ne peuvent être faites pour moi. »* Si je me rebellais, tu te mettais en colère, jusqu'à m'insulter, me menacer, briser les meubles. Si je me réfugiais dans ma calèche, alors tu fouettais les chevaux pour les emballer et tu te moquais de moi sans pitié.

Quand tu prononças le mot « divorce », j'eus l'impression qu'une charge de cavalerie fonçait sur moi, puissante, compacte, incontournable. Tu ne m'as pas épargnée. Le long silence, après l'annonce, fut bien difficile à supporter. Dans ma tête défilaient les reproches que je m'adressais.

Début juin 1796, j'aurais dû être à Milan, tu m'attendais empressé dans nos appartements, tu me reprochais de t'avoir fait espérer un sentiment que je n'éprouvais pas : *Bon Dieu ! Dis-moi, toi qui sais si bien faire aimer les autres sans aimer, saurais-tu comment on guérit de l'amour ? Je paierai ce remède bien cher. Tu devais partir le 5 prairial ; bête que j'étais, je t'attendais le 13. Comme si une jolie femme pouvait abandonner ses habitudes, ses amis, sa Mme Tallien et un dîner chez Barras, et une représentation d'une pièce nouvelle, et Fortuné, oui, ton chien Fortuné ! Tu aimes tout plus que ton mari ; tu n'as pour lui qu'un peu d'estime, et une portion de cette bienveillance dont le cœur abonde.*

Je te fais grâce de la liste exhaustive de mes manquements… mais sois certain que je n'en ai pas oublié un seul, si cela peut te rassurer.

Le duc de Rovigo prétendait que tu ne pardonnais rien aussi facilement que *les torts que l'on avait eus envers toi personnellement.* Il avait raison, ta supériorité s'épanouissait dans de telles manifestations. Tu savais rire des fragilités et des trahisons de tes militaires : *Voilà bien des hommes, il faut en rire pour ne pas en pleurer.* Mais je n'étais pas un militaire.

Louise Compoint, ma caméristе congédiée pour incompétence, raconta à ton frère Joseph, trop disposé à l'écouter, qu'Hippolyte et moi avions partagé la même berline, qu'à l'auberge, nos chambres étaient voisines, alors que je te rejoignais.

Les ragots que déclencha cette histoire ne cessèrent

de m'assaillir. Le mot « divorce » fut prononcé la première fois en face de Joseph.

Alors commença la valse des prétendantes. Lucien Bonaparte s'en mêla, trop heureux de comploter contre moi. Il ramena d'Espagne l'idée d'un mariage entre toi et l'infante Isabelle.

Fouché fut de la partie après avoir été mon complice. Il m'épiait, te remettait des rapports de police quotidiens des deux courants qui agitaient l'opinion, d'un côté les partisans du divorce, la famille, les courtisans, les ambitieux qui tentaient de te persuader que tu devais fonder ta dynastie, de l'autre ceux qui me considéraient comme ta *bonne étoile*. Ces rapports constituaient pour Fouché des instruments de manipulation, il choisissait selon ses intérêts.

La rumeur du divorce continua d'enfler avec celle de ma stérilité. Je devais avoir une situation bien enviable pour que l'on s'acharne ainsi à la briser.

Mlle Avrillion me tira de mes pensées en frappant à ma porte : déjà l'heure du dîner ?

– *Majesté, vous écrivez ?*

J'utilisais ma table de lit, quand je ne trouvais pas le courage de me lever.

Comme je ne lui répondais pas, elle dit :

– *Cela doit bien vous tourmenter de vous remémorer vos souvenirs...*

Comment y échapper ? Tout me ramenait inévitablement à toi, jusqu'à nos initiales inscrites sur les battants de l'écritoire. Je me rappelais nos moments de bonheur. Nous déjeunions tous les deux en petit couvert, puis tu m'accordais une promenade quand le temps le permettait. Le soir tu interrompais mes parties de trictrac pour que je monte te faire la lecture. Je te berçais et tu t'endormais comme un enfant.

– *Comme il est difficile de faire le deuil des jours heureux. Il semble que l'âme qui souffre ne prenne plaisir qu'à retracer ses souffrances.*

Où seras-tu quand ces lignes te parviendront ? Comment vas-tu redresser la situation ? Si tu n'y arrivais pas, je préférerais être morte. Parfois la confiance en l'avenir me manque, alors que toi, abandonné de ta famille, de tes braves, exilé et proscrit, tu trouveras toujours le courage de renaître.

Mlle Avrillion se taisait. Je lui dis que tu te croyais prédestiné, et que tu supporterais les revers avec autant de calme que tu avais mis de témérité à vaincre tes ennemis. Mais elle n'osait donner son avis quand je parlais de toi.

À mesure que j'écris, je te connais mieux. Mais le but de mon entreprise est que tu me comprennes, moi. Trop de monde s'était mêlé de notre vie. Nous avions subi des années de manigances, des années pendant lesquelles, comme un animal traqué, suspicieux, je cherchais par tous les moyens à savoir où tu en étais, s'« ils » avaient décidé de notre sort, si Talleyrand et Barras demeuraient loyaux envers moi ? Quelle influence avaient mes propres enfants ? Je savais que tu les aimais comme tiens, que tu consultais Eugène parce qu'il est juste et Hortense parce qu'elle est responsable. Que la famille que nous formions était ma force. Je savais. Je savais aussi que cela ne suffirait pas.

Fautive, je l'étais aussi d'avoir créé des dettes, d'avoir essayé de gagner de l'argent en servant d'intermédiaire aux frères Bodin auprès du ministre de la Guerre. Vois-tu je ne voulais pas éveiller ta colère avec mes derniers achats. Je cherchais à rembourser mes créances. L'affaire se compliqua quand Joseph découvrit que je partageais des commissions avec Barras et qu'Hippolyte Charles était mon complice. Ils m'étaient nécessaires ; je ne connais rien aux ventes de fournitures aux Armées. Je ne me rendais pas compte des conséquences de mes actes.

Tu me fis suivre, notre trafic fut vite découvert… Tu traitas Hippolyte de *petite gueule de putain* et tu t'en débarrassas en l'envoyant au front dans une position dangereuse pour sa sécurité.

Lorsque j'ai appris que notre correspondance était entre tes mains, j'ai tremblé d'effroi. Je regrette chaque ligne écrite, chacun des mots envoyés à celui dont je ne peux même plus prononcer le nom. La honte et le dégoût me submergent rien que d'y penser. Mais on ne refait pas l'histoire. Les plus grands regrets ne ramènent pas en arrière. Ma souffrance coupable est plus lourde que la tienne. J'ai été légère et stupide. Peut-être avais-je besoin de cette épreuve pour comprendre combien je t'aimais. Plus jamais, Bonaparte, je n'ai manqué à ta confiance après cette triste affaire. Je ne suis rien. Tu es Napoléon. Maintenant que notre route ensemble s'est achevée, sauras-tu me pardonner pour le repos de mon âme ?

Tu consultas Hortense sur la question du divorce sans en évoquer la cause. Les rumeurs étaient arrivées jusqu'à mes enfants. L'entretien fut pénible. Hortense maîtrisa mal ses états d'âme. Elle jura à ma place que cela n'était pas possible et pleura comme une enfant. Je sais que ses pleurs t'ont ému.

La lettre d'Eugène, plus encore que tes remontrances, me donna la mesure de mon inconduite : *Tu penses bien, maman, que je ne crois pas cela, mais ce qu'il y a de sûr, c'est que le général en est très affecté... Ton fils se plaît à croire que tout ce bavardage est fabriqué par tes ennemis.*

Tu redoublais d'amitié pour eux. Ils étaient conscients de ta grandeur d'âme et auraient pu m'en vouloir d'autant plus.

La femme de chambre, congédiée, enjoliva cette histoire. La cour et ma belle-famille s'en saisirent comme des affamés d'un morceau de pain.

Ce fut un tourbillon infernal. À mon tourment de ne point te donner d'enfant s'ajouta celui de tes infidélités. Mes informateurs confirmèrent chaque rumeur. Et je sombrai dans le rôle de l'épouse jalouse et suspicieuse pour la seconde fois de ma vie.

La première fois, j'avais vingt ans à peine, la maîtresse de mon défunt mari m'avait accusée en public de porter l'enfant d'un autre homme puisqu'il était né avec quelques jours d'avance ! Il s'agissait d'Hortense. Mme de Longpré était parvenue à ses fins. Notre couple n'avait pas résisté à ses accusations. Bien qu'injustes, les soupçons m'avaient poursuivie et j'avais échappé de justesse au couvent. Ma perception des hommes en demeurerait modifiée.

J'avais du mal à t'imaginer de longs mois en campagne sans une présence féminine dans ton lit. Parfois je me demandais si ma faute ne t'arrangeait pas. Tu pouvais ainsi m'être infidèle sans culpabilité.

La raison s'installa entre nous. Une femme de l'Ancien Régime devait t'apporter quelques avantages pour que néanmoins tu la gardes. C'est plus tard que mon amour s'est déclaré avec toute sa violence. J'avais dû frôler la perte de l'existence pour aimer la vie, la perte de l'amour pour t'aimer. Mon attachement passe par la peur, est-ce la leçon que m'a enseignée le Tribunal révolutionnaire ?

Je t'ai adoré avec un temps de retard, le temps de la prudence. Pourquoi ai-je si peu répondu à celui qui se languissait de mes signes : *Le courrier est passé chez toi, tu n'avais rien à lui ordonner. Tu te ris de mes menaces, de mes sottises. Ah, si je pouvais, tu sais bien, t'enfermer dans mon cœur, je t'y mettrais en prison ; pour longtemps tu ne verrais pas le soleil.* Je connais tes lettres par cœur tant elles me plaisent. Mais j'attendais d'être certaine que leur contenu reflète la réalité. Je paie désormais ma désinvolture. Tu vois, un mot de toi, même griffonné à la hâte, me comble. J'ai cru que le conquérant aimait ma légèreté.

Aujourd'hui, j'écris alors que tout est fini, j'écris pour que ton jugement soit plus clément avec moi.

J'ai froid, la sensation de froid ne me quitte plus. Le bois brûle dans la cheminée, mes châles se superposent sur mes épaules mais rien n'y fait.

Le son des cloches résonne dans ma tête. À trop m'interroger, je frise la folie. Je tombe à tes pieds, mais tes pieds foulent un autre sol, celui du Louvre. Percier et Fontaine ont mis leur talent à ton service pour transformer ce salon en chapelle, et tandis que l'on célèbre tes noces, je pleure, j'implore, je te demande pardon. Rien ne mérite cette cruauté. On me reprochait de ne point m'intéresser à tes conquêtes, à la politique. Mes ennemis ont oublié que je t'ai suivi sur des champs de bataille, que j'ai entendu gronder le bruit du canon, que j'ai vu le sang des blessés et les boulets rouler à nos pieds. La fille de François Ier ira-t-elle marcher dans la boue ? C'est à elle dorénavant que tu pourras lancer : *On n'acquiert pas des lauriers à sommeiller sur le duvet.* Plus à moi.

Mlle Avrillion passe la tête par la porte de ma chambre :

– *Majesté, vous écrivez encore, est-ce bien raisonnable ? Votre dîner est servi près de la cheminée.*

Ma vision est troublée, mais je peux remarquer qu'elle porte un manteau qui lui donne une bien mauvaise allure, celle d'une femme en partance.

– *Avez-vous besoin que je vous rapporte quelque chose de Paris ?*

Quelque chose de Paris, c'est notre code pour m'avertir de la fin de son service. Elle sait qu'il faut éviter à tout prix de prononcer le mot « partir ». Alexandre est parti, Bonaparte est parti, l'un parce qu'il est mort, l'autre parce qu'il est vivant. Les hommes partent. C'est ainsi.

Mon tribunal intérieur ne me lâche pas. Je suis coupable. Je passe devant le juge, pendant que tu passes devant le cardinal Fesch.

J'ai avalé mon repas, une truite accompagnée d'une sauce crémeuse au champagne, en moins de dix minutes. Je suis devenue aussi rapide que toi. Mlle Avrillion étant à Paris, je peux continuer d'écrire tard sans qu'elle me sermonne. Je vais vers mon cahier, le cœur battant comme si c'est toi que je retrouvais. Je le cache quand je m'absente afin que personne d'autre ne connaisse mon secret.

Dans ma chambre, un feu de cheminée est allumé et une tisane d'herbes infuse dans une de ces tasses de porcelaine de Sèvres que tu m'avais offert pour la Malmaison.

Vous devez être mari et femme depuis quelques heures, un dîner en votre honneur vous attendait, puis après au moins trois heures à table, vous vous dirigez vers la chambre nuptiale. Impossible de contrôler mes pensées, elles me submergent, cruelles, perverses, sans que je les convie. Votre chambre a été décorée pour l'occasion. Les Tuileries tout entières ont été lavées de mon empreinte. Toute trace de mon passage, mes goûts, mes couleurs, mes parfums ont disparu.

J'aurais dû mourir. Sache que si je respire c'est bien malgré moi.

François Ier lui-même aurait préféré que sa fille épouse un veuf plutôt qu'un divorcé.

Ma disparition aurait arrangé tout le monde, je gêne, je coûte cher, je ne sers à rien.

Je me bouche les oreilles, je ferme les yeux, mais rien ne parvient à repousser la pensée que Marie-Louise pourrait tomber enceinte dès cette première nuit, si elle ne l'est déjà. Tu l'as accueillie avec bien de l'empressement, tu es monté dans sa calèche alors qu'elle arrivait d'un long voyage et vous êtes demeurés là, plus longtemps que les convenances ne l'exigeaient.

Moi aussi je crus tomber enceinte quelques jours après notre mariage. La fatigue, les nausées, les douleurs de ventre semblaient le confirmer. La joie de te donner un enfant m'induisit en erreur. Mes détracteurs se déchaînèrent. On raconta que j'inventais une grossesse pour demeurer à Paris avec Hippolyte plutôt que de te rejoindre en Italie, alors que je différais mon départ redoutant les effets d'un voyage long et pénible pour rester alitée et garder toutes les chances de mettre au monde mon bébé. La rumeur m'accusa plus tard d'avoir perdu l'enfant en dansant, pire encore, certains pensaient qu'à force de dévergondage j'avais contracté une maladie vénérienne qui me rendait inapte à procréer.

Qui peut croire à de telles ignominies ?

Je demeurai alitée mais au bout de deux mois, une grande fatigue, des douleurs de ventre mirent fin à mes plus beaux espoirs. Avais-je perdu un enfant ? Les troubles féminins qui se manifestèrent semèrent le doute dans mon esprit.

Mon drap taché transforma notre grande joie en tristesse. Étais-je devenue stérile ? Ou bien notre difficulté à procréer venait-elle de toi ? Je l'ai sincèrement cru.

J'ouvris mon cœur à Cambacérès en sachant qu'il te répéterait mes craintes. Le message fut passé.

Mon réseau d'informateurs était bien étendu. Le baron de Méneval, le seul secrétaire assez rapide pour écrire sous ta dictée, fut le plus précis. Je ne voulais pas être la dernière informée sur tes intentions de divorcer, ni sur tes aventures. Chaque mot pouvait m'envoyer en enfer. J'étais pendue à ses lèvres, je lui avais demandé d'être aussi explicite que possible, de ne rien me laisser ignorer.

Méneval commença par m'avouer que tu serais absent plus longtemps que prévu, qu'il espérait que tu *céderais* à ma demande et me ferais venir à Berlin. Le verbe « céder » m'affola. Après l'affaire Hippolyte, c'est toi qui m'empêchais de te rejoindre.

Il y avait soudain trop de pays à traverser de Mayence à Varsovie, tu avais bien des choses à régler, la saison était froide, les chemins très mauvais, je devais passer l'hiver aux Tuileries, je pouvais recevoir toutes les personnes que je voulais, mener la même vie que j'avais l'habitude de mener quand tu étais là... Mais il était indispensable que je renonce à faire trois cents lieues en cette saison dans des pays ennemis et sur les arrières de l'armée.

Puis le temps a passé avec des hauts et des bas. Dans un de ces palais où tu séjournais loin de moi tu as fini par rencontrer Marie Walewska. Méneval, sans trahir ton secret, me le laissa comprendre. Ma seule consolation était dans l'expression *quand j'y suis*. Il t'importait que je me tienne en tant qu'épouse.

Mais tu me tenais à distance. Tu étais donc occupé. Forcément, un jour tu aurais cédé aux charmes d'une femme. Je ne pouvais exiger ta fidélité quand les batailles te tenaient des mois loin de moi.

La peur du divorce me menaçait plus que tes maîtresses. Mes propres fléchissements ne m'apportaient aucun réconfort. Mais la réciproque ne fonctionnait pas... Mon jeune militaire ne faisait pas le poids face à la jolie comtesse. Un jour elle te donnerait un enfant et la preuve de ta virilité. Tu pourrais divorcer et avoir un héritier.

Mes craintes finirent par attirer le malheur. Il en est souvent ainsi : à trop redouter un événement, il finit par arriver. Le malheur s'immisce là où la faille se creuse. J'en supportai les conséquences de tous les côtés.

C'était l'époque où en plus ma fille traversait des moments difficiles. Je fus affreusement blessée d'être accusée non seulement d'avoir arrangé le mariage d'Hortense avec ton frère pour mon intérêt personnel, mais encore d'avoir provoqué son infortune pour éviter la mienne. Je sais que ton souci d'étendre ta famille aurait plutôt orienté ton choix sur une nièce de Talleyrand. Tu pensas comme les autres que ce mariage était le résultat de mes intrigues.

Comment prévoir que Louis aurait des humeurs, que le mariage ne serait pas heureux ? La noce se présentait sous les meilleurs auspices. Qui pouvait imaginer que cette union tournerait mal ? Hortense ne m'en fit jamais grief.

Sans avoir une inclination particulière pour Louis, elle accepta d'elle-même de l'épouser. Elle avait l'âge de prendre époux, personne n'était mieux désigné que le frère de l'empereur. Je ne sais à quel point l'idée de stabiliser mon mariage détermina sa décision. Je ne peux écarter l'influence de son amour pour moi et pour toi. Mais notre bonheur n'empêchait pas le sien.

Nous espérions en effet adopter leur enfant et régler ainsi nos problèmes de succession : mon sang coulait dans les veines de ma fille et le tien dans celui de ton frère. Tes intentions d'adopter l'enfant n'auraient pas nui à leur devoir parental, tu étais un père pour Hortense et pour ton propre frère aussi. Tu méritais ce cadeau qui ne leur enlevait rien.

Hortense y consentit, Louis, plus ombrageux, refusa. L'adoption l'humiliait, le dévalorisait. Ce frère te devait trop. Les raisons qu'il avançait avaient plus à voir avec la jalousie qu'avec la peur de perdre le contrôle de son fils. Il était faible à tes côtés. Qui ne l'aurait pas été ? Tu étais trop puissant, trop généreux, trop glorieux.

Il faut être humble pour ne pas en vouloir à celui qui vous a aidé. Il ne possédait pas cette qualité. Notre ultime chance échoua. À cinq ans, le plus charmant des petits enfants mourut. Tu en fus affecté comme de la perte d'un fils. Mais il n'est pas dans ta nature de te laisser sombrer, ni de t'insurger contre la destinée. Bonaparte combat, Bonaparte triomphe, mais il s'incline quand la lutte est inutile.

La mort du petit Louis, en plus de mon immense tristesse, me plongea dans les affres du divorce. Je ne me suis pas occupée de ma fille autant que je l'aurais voulu. Je me le reproche encore aujourd'hui.

Quand je m'efforçais de la consoler, je pensais à mon chagrin. J'étais devenue égoïste, obsédée, j'avais honte. Ma douleur me confondait, je ne savais plus si je pleurais le drame de la mort d'un enfant ou celui de ma séparation éventuelle. Je serrais Hortense dans mes bras, je l'embrassais, mais je ne trouvais pas les mots. Les mots de la compassion étaient absorbés tout entiers par une affliction rivale. Pour la première fois de ma vie, je manquais à ma fille. J'étais accablée.

Hortense dut se sentir bien seule. Tes paroles étaient pleines d'un chagrin retenu. L'esprit ne se conduit pas comme un attelage. La douleur ne s'arrête pas en tirant sur des rênes. Elle n'est maître en sa propre demeure que chez toi, Bonaparte. Le commun des mortels subit les peines, toi tu les affrontes comme une armée hostile.

Je devais être patiente. Je ne parvenais pas à aider Hortense alors que j'étais moi-même blessée. Ce travail m'incombait à un moment où je n'étais pas assez forte pour être persuasive. Une épouse trompée n'a plus la volonté de consoler. Mon mari aimait une autre femme, ma peine m'aspirait tout entière, il y avait moins de place pour celle de ma fille. Alors que d'autres peines m'accablent, je lui demande pardon à présent.

Je suis partie aux eaux de Plombières en espérant acquérir un peu de force pour aider Hortense. Mais rien ne peut consoler une mère de la perte d'un enfant. Je me souviens avec effroi de lui avoir dit :

– *Tout le monde n'a-t-il pas ses chagrins ? La seule différence est dans le plus ou moins de force d'âme qu'on met à les supporter.*

Mes arguments étaient inspirés des tiens, l'expression *force d'âme* t'appartient. Tu vois, malgré mes griefs je t'imitais, parce que tu es un homme unique. Dans les camps, au conseil, ils te trouvent tous extraordinaire mais c'est en ton for intérieur que tu me parais encore le plus remarquable.

Hortense blâmait la destinée, et moi, j'en voulais à mon corps incapable de procréer, depuis les Carmes. Je blâmais mon âge, mon passé. L'héritier était mort. On racontait qu'avant même ta rencontre avec Marie Walewska, une fille de ton entourage, la jeune Éléonore Denuelle de La Plaigne, était tombée enceinte. Tu t'attribuas la paternité, quoiqu'un doute demeure puisqu'elle partageait ses faveurs avec d'autres.

Tu n'étais peut-être pas stérile ? La stérile, c'était moi. Tu n'avais pas d'héritier à cause de moi. J'étais perdue. Tu pouvais demander le divorce pour raison d'État. Ma fille se mourait de chagrin et j'étais perdue… tu étais occupé ailleurs.

Mon ennemi était de taille. Ceux que tu rencontrais sur les champs de bataille, tu pouvais les contourner et les vaincre par la ruse. Le mien était enfermé dans ma poitrine, inexpugnable.

J'ai fini par suivre tes ordres. Je suis revenue à Paris au palais des Tuileries que je déteste autant que toi parce qu'il est impossible de s'y promener sans être aussitôt reconnu, impossible de sortir sur mon balcon sans que la foule s'amasse au-dessous. Te plaire, c'était t'obéir, accepter l'éloignement.

Le pouvoir d'une épouse est bien faible lorsqu'il faut disparaître pour satisfaire un mari.

Je remplis mon rôle d'impératrice le mieux que je pus mais de façon désincarnée. L'étiquette m'aidait à m'organiser. Tout était réglé pour moi, ma volonté avait peu d'importance. Mes obligations étaient si nombreuses entre les audiences, les heures passées à écouter les gens, qu'il me restait, Dieu merci, peu de temps pour moi. Tous me demandaient de te faire part de leurs doléances. Parfois je prenais la responsabilité de renvoyer l'affaire sans autre avis, quand elle me semblait n'avoir aucune chance d'aboutir.

L'autre partie de mon temps était occupée en

préparatifs pour me rendre aux concerts, au théâtre, aux dîners. J'étais regardée, commentée comme une pièce de musée. Je ne m'appartenais plus. Cette abnégation me permit de traverser la tempête. Les tenues d'apparat en guise de cuirasse.

Parfois le tourbillon de mes tâches parvenait à m'éloigner de Schönbrunn, de Marie Walewska, mais les regards curieux et avides de malheur m'y ramenaient.

Ta famille se montra encore plus cruelle en ton absence. Caroline et Pauline se permirent quelques allusions moqueuses. Notre union les avait fâchées, elles attendaient notre désunion avec impatience. En avais-tu conscience ? Tu m'envoyais aux Tuileries dans la cage aux lions et tu prolongeais ton séjour en Autriche, auprès de Marie.

Personne n'était dupe. L'étiquette me hissait sur un piédestal qui me statufiait. Mes propres enfants parlaient de moi comme de *l'impératrice*. L'épouse, la mère, la grand-mère, ces identités auxquelles je tenais disparaissaient, happées par l'image unique, intemporelle, figée par l'histoire de la nouvelle majesté. J'étais devenue un prénom, une initiale, un *J* couronné, drapé des armoiries de l'Empire.

Tu décidas de te sacrer empereur. Être consul ne te suffisait pas, vous étiez trois. Roi ? Impossible après la Révolution. Tu avais choisi. Personne depuis Charlemagne n'avait osé. Tu serais le deuxième empereur de notre histoire, le premier des Français. Impératrice, je demeurais à l'abri des comparaisons avec les reines précédentes. Comment me confronter aux princesses de sang royal, elles étaient nées pour être mariées selon des intérêts dynastiques. Moi, j'étais une créole, vêtue de mousseline transparente, coiffée d'une couronne de fleurs aux couleurs républicaines, le jour de ses noces.

J'avais rêvé d'approcher la cour, mais un mauvais pressentiment m'avait saisie en arrivant aux Tuileries. L'ombre de Marie-Antoinette flottait dans chacune des pièces et me terrifiait autant qu'elle me fascinait. Toi aussi, souviens-toi, tu disais que ce palais était *triste comme la grandeur*.

Tu as toujours eu de jolies formules. *Triste comme la grandeur*, en effet : plus nous nous sommes élevés, plus nous avons été malheureux. Nous étions comme deux enfants déçus devant le jouet dont ils avaient rêvé. Tu disais aussi que *la difficulté n'est pas d'y entrer mais d'y rester*. Car en plus, il fallait se battre pour conserver sa place. Cette remarque me concernait. Toi, qui pouvait te chasser ? Tu semblais invincible.

Un valet de chambre tapa timidement à ma porte et me proposa de raviver le feu. J'acceptai cette petite intrusion tant le froid me saisissait de partout. Puis il déposa un autre candélabre avec d'autres bougies sur mon bureau. Comme il traînait un peu le pas pour s'éloigner, je lui demandai s'il souhaitait me parler. Le jeune homme me regarda, fort intimidé. Il avait en effet quelque chose sur le cœur.

– *Que se passe-t-il ?* lui demandai-je.

Je dus insister pour qu'enfin… il parvienne à me dire :

– *Pardon, Majesté, mais M. Pierlot a supprimé le café que l'on nous servait en cuisine après le dîner… je ne bois pas beaucoup de café, mais ceux qui en ont contracté l'habitude sont fort malheureux.*

– *Et pourquoi donc cet effet de zèle de l'intendant général ?*

– *Par mesure d'économie, nous dit-il.*

Je retins un rire qui en la circonstance aurait été malvenu. Je reconnaissais là ta passion pour les détails domestiques quand il s'agissait d'économies. Tu passais à la loupe les comptes de la cuisine. Ma suite avait déjà subi un sévère recensement des napperons, serviettes et autres draps. Quelques années auparavant tu avais inventé les bons de repas pour les courtisans et un valet avait refusé un café à Hortense. Le rationnement des courtisans t'amusait, leur rage t'enchantait... En revanche, quand ton prestige était en cause, tu n'hésitais pas à ouvrir les cordons de la bourse...

– Mlle Avrillion reprend son service demain matin, je lui ferai part de ma désapprobation... Je vous remercie de votre sincérité, courez dire au personnel qu'ils auront autant de café qu'ils voudront dès demain midi.

– Je crains que...

– Personne ne vous en voudra de m'avoir parlé et surtout pas Mlle Avrillion. Dormez tranquille...

M. Pierlot n'était point aimé du personnel à cause de ses parcimonies vexatoires. Quand venait le moment de l'examen de mon budget, il rognait où il pouvait, sans doute parce que mes réceptions étaient trop coûteuses à ses yeux.

Mais il n'était pas question de faire subir au personnel des restrictions. Tu les contraignais assez en ne les autorisant à changer leurs draps et leurs serviettes qu'une fois par mois pour réduire les frais de blanchisserie. Le jeune valet était reparti avec le sourire. Son problème était résolu. Je l'enviais. S'il avait suffi d'abandonner tous mes biens pour me délester de ma souffrance, j'aurais laissé Navarre, l'Élysée et même la Malmaison.

La nuit, ma blessure s'étendait comme les tentacules d'une pieuvre. Elle prenait possession de tout. J'avais si mal que j'en venais à imaginer quel aurait été mon destin si je n'étais allée à ce dîner organisé par Barras.

M'avait-il rendu service en me conseillant de t'épouser ? Tu étais corse, roturier, ton union avec une fille de famille bien française t'arrangeait. J'étais de l'Ancien Régime, toi du nouveau. Mon ancienneté te donnait de la consistance, ma maison était une des plus réputées de Paris et je savais y recevoir. Comment penser, aussi absurde que cela puisse paraître aujourd'hui, que ces petites choses comptaient pour toi à l'époque ?... La rumeur courait que tu m'aimais pour ma position sociale. J'étais une femme bien installée au cœur d'un réseau d'influence alors que tu n'étais qu'un jeune général de vingt-six ans.

Mon notaire, maître Raguideau, désapprouva mon choix et me réprimanda. Il ne comprenait pas que j'épouse un militaire sans fortune, sans avenir, quand je pouvais prétendre à un parti plus avantageux. Cela prête bien à rire dix-huit ans plus tard.

Chaque fois que je m'en inquiétais, tu te mettais en colère. Un soir, tu me fis parvenir un billet dans lequel tu t'insurgeais : *Une de tes pensées empoisonne ma vie, déchire mon âme par les volontés les plus opposées.*

Hortense assista à notre première rencontre. Depuis la mort de son père, elle était souvent prise d'angoisse. Pour ne pas la laisser seule, je l'emmenais dans les lieux où les enfants n'ont pas leur place.

Pour ce dîner, Barras l'installa à table entre toi et moi. Elle savait se tenir malgré son jeune âge et demeurait attentive et silencieuse.

Tallien, le mari de Térésa Cabarrus, sans qui nous ne serions plus de ce monde, notre bienfaiteur puisqu'il avait entraîné la chute de Robespierre, était assis en face de nous. Térésa, à ses côtés. Elle avait changé depuis la prison des Carmes. Elle était devenue provocatrice par dérision et me poussait à voir la vie de façon plus légère. «*N'oublie jamais*, me disait-elle, *que nous sommes des rescapées, que maintenant plus rien de grave ne peut nous arriver… !*» Elle était indépendante financièrement et d'esprit. Son père était riche, tandis que j'attendais les traites de ma mère et le bon vouloir des banquiers. Nous avions passé cent huit jours collées l'une contre l'autre dans une prison, ensemble nous avions entendu nos noms prononcés parmi ceux des prochains exécutés.

Loin d'avoir sombré dans la mélancolie, Térésa avait choisi la légèreté. Pour elle toutes les portes s'ouvraient, elle était plus jolie que moi. Tu la détestais pour son audace, tu la rendais responsable de mon inconduite et m'interdisais de la fréquenter. Au cas où l'on m'accuserait d'ingratitude, Mlle Avrillion gardait toujours sur elle une lettre dans laquelle tu me donnais l'ordre de ne point la recevoir.

À l'époque où tu m'as rencontrée, j'avais décidé de vivre. Les problèmes de trésorerie n'étaient rien comparés aux dangers que nous avions traversés. Si l'argent pouvait enjoliver la vie, pourquoi m'en priverais-je puisque quelques bonnes âmes consentaient à m'en prêter ? Je n'avais pas remboursé Barras, il s'était fâché et nous avions rompu à cause de ma prodigalité. Il est probable que tu as pensé en m'épousant que j'avais plus de fortune qu'en réalité.

Je dépensais avec le désespoir de ceux qui ne croient plus à l'avenir.

Je ne me refusais rien. J'engageai un portier, un jardinier, un valet, un chauffeur, un cuisinier, une femme de chambre. J'abandonnai la rue de l'Université, trop modeste, où je m'étais réfugiée à la hâte après que la rue Saint-Dominique fut réquisitionnée par le Tribunal révolutionnaire. Je louais pour quatre mille francs par an, à la comédienne Julie Carreau, un petit hôtel particulier entre cour et jardin situé au 6 de la rue Chantereine. Je ne voulais plus jamais faire pitié.

Mes airs de grande dame m'aidèrent à obtenir du crédit. J'arborais mes plus beaux bijoux, deux bracelets, une broche et un diamant qui me venait des Beauharnais et j'allais demander à Van Hée et Emmery, mes banquiers de Dunkerque, qu'ils m'avancent de quoi payer mon train de vie. Ma facilité à émouvoir achevait de les convaincre. Je naviguais à vue, l'argent qui me venait par des combines de la Martinique, des largesses de ma chère maman et de ce qui me restait de ma dot ne me suffisait pas. Je n'avais pas de quoi tenir plus de six mois. Mais qu'importe ! Dans six mois, je pouvais être emportée par la typhoïde ou la grippe !

Je perdis pendant quelque temps – pas longtemps – mes habitudes de femme dépendante d'un mari, d'un père. J'étais soudain affranchie, l'adversité m'avait offert les ressorts d'énergie que le confort atténue. Ma destinée dépendait de moi. J'organisais des dîners où je conviais des personnes importantes et même les nouveaux dirigeants du pays.

Térésa m'avait appris à tourner la page du malheur. Tu m'as séparée de ma meilleure amie pour m'abandonner. Elle me manque aujourd'hui. Térésa n'aurait pas souffert à cause d'un homme, fût-il empereur, encore moins d'un divorce. *Notre-Dame de Bon Secours*, comme on la surnommait aux Carmes, aidait des centaines de prisonniers à échapper à la guillotine sans se laisser impressionner par rien, ni personne. Elle ne tenait pas compte des critiques, elle se plaçait au-dessus des détracteurs et m'encourageait à ne pas prêter l'oreille aux méchantes choses écrites sur mon compte, et Dieu sait s'il y en eut. Je l'entends me dire de sa voix rauque : *Personne ne peut plus s'octroyer le droit de te gâcher la vie.*

Plus tard Sade me surnommerait Zoloé et se permettrait un pamphlet des plus odieux que l'on puisse rédiger sur une femme : j'étais vieille, déjà, laide, dévergondée, la seule grâce qu'il me rendait étant de savoir dissimuler mes tares sous de beaux atours... Je développais, toujours selon lui, une avidité d'usurier pour l'argent et le luxe. Ma réputation de femme facile allait traverser l'océan et James Gillray en Angleterre se ferait un malin plaisir de rappeler mon passé sulfureux pour te nuire une fois que nous serions mariés. Il me représentait nue, dansant avec Térésa devant Barras durant l'hiver 1796. Son ironie aurait pu sécher mes larmes. Mais j'étais horrifiée à l'idée que tu lises de telles ignominies. Tu as eu l'élégance de ne jamais les évoquer devant moi.

Nous étions donc à table chez Barras, Hortense la tête sur mon épaule, toi à ses côtés. Tu n'avais d'yeux que pour moi, ne t'adressais qu'à moi, en me pressant de questions. Le monde extérieur avait disparu. Tes manières cavalières n'étaient pas pour me déplaire, tu étais rustre, sans habitude de la société, spontané. Ton attirance pour moi naquit dès le premier instant, j'étais pour ma part plus réservée.

Hortense t'observait avec méfiance. Ses sentiments mitigés n'étaient point exempts de jalousie. Elle exerça sur moi un véritable chantage affectif auquel je ne cédai pas.

Ta relation avec Eugène naquit sous de meilleurs auspices. Pour obtenir la permission de garder le sabre de son père, malgré l'ordre du jour qui défendait à tout Parisien, sous peine de mort, de conserver une quelconque arme, il te demanda audience. Sa démarche t'émut, tu te déplaças rue Chantereine pour porter l'autorisation de garder l'épée. Eugène provoqua donc notre seconde rencontre. Le lendemain, tu étais à nouveau sous ma fenêtre.

À peine nommé général en chef de l'armée d'Italie, tu me demandas en mariage. Doux moments dont je n'ai su profiter. Je m'épuise à tourner la page la plus sombre de ma vie. Le bonheur a du mal à succéder au plus grand des malheurs. Le malheur laisse des traces comme des traînées de poudre qui s'enflamment à la moindre évocation. Ma mémoire meurtrie retrouvait bien malgré moi le chemin accidenté du passé.

Je m'en remis à la sagesse de l'éducatrice des enfants, Mme Campan, pour expliquer à Hortense que tu n'avais pas participé aux horreurs de la Révolution et que toi-même appartenais à une ancienne famille corse. Hortense apprivoisée, je devais apprendre à vaincre ma culpabilité de survivante. Je ne trompais pas Alexandre. Alexandre n'était plus. Il m'aurait permis de vivre.

Mais je n'étais pas encore prête à partager ton existence. C'était trop tôt. L'odeur de crasse et de misère, la voix du bourreau, les cris de mes compagnons de détresse me revenaient par intermittence. Ta fougue m'emporta.

Tu étreignais une moitié de femme, l'autre moitié luttait contre la mémoire des Carmes, ne répondait pas à tes lettres et s'appliquait à saboter le bonheur. La morte s'insurgeait contre la vivante.

Un soir, tu perçus quelque chose d'étrange dans mon regard. Tu dis :

– *Le bleu de tes yeux s'est assombri, quels étranges cauchemars t'habitent ? Es-tu libérée ? Où es-tu, Joséphine ?*

Je devais être bien absente, parce que tu me secouas comme si tu avais voulu me sortir de l'enfer.

– *Tu veux me parler ? Je peux entendre les choses…*

Il m'était impossible d'évoquer cet épisode de ma vie. Il est probable que tu avais compris.

Tu pressentais quelque chose, mais tu n'étais pas à

l'aise avec l'invisible. Tes ennemis étaient de chair, tes ennemis maniaient l'épée, montaient à cheval. La mémoire, le passé, tout cela était trop immatériel pour toi.

Parfois tu passais ta main devant mes yeux en me répétant :

– *Joséphine, où es-tu ?*

Si j'avais pu trouver les mots pour t'expliquer, tu m'aurais pardonné, les fugues appartenaient au diable des Carmes. Je m'étais échappée, j'avais déjoué le sort. Le diable n'aime pas lâcher ses proies, il voulait me récupérer, me jeter dans les bras d'Hippolyte.

Sur nos anneaux, tu avais fait graver le mot « destin ». Je portais mon alliance sans bien connaître l'homme qui l'avait glissée à mon doigt, ni le sens qu'il accordait à ce mot. Pouvais-je imaginer qu'à peine marié, la victoire de Lodi sur les Autrichiens te rendrait célèbre, que tu donnerais à la République toute l'Italie ? Ton nom fut vite salué, de bataille en bataille. Sur les routes qui me menaient à toi, les populations m'acclamaient, j'étais devenue la femme d'un héros.

Tout cela était si soudain, j'étais bouleversée… Je passais d'une hypothétique liberté retrouvée au statut de femme mariée. Ta gloire m'ôtait mon indépendance, partout on parlait de toi. Je n'existais qu'en tant qu'épouse de Bonaparte. Je dois te confier qu'avec

Térésa nous avions fait le vœu, si nous réchappions des Carmes, de ne plus jamais être sous le joug d'un homme... Mais je ne pouvais me permettre une aussi grande liberté qu'elle.

Ma récréation avait été de courte durée. Je ne devais pas être faite pour le célibat. En devenant ta femme, comme j'avais été la fille La Pagerie, puis l'épouse Beauharnais, à nouveau je connus une sorte de tutelle. Je devais m'effacer. De toute façon, ta personnalité aurait éclipsé le soleil. On me fréquentait parce que mon mari était devenu un héros. Je n'avais plus de place pour moi dans ma vie.

Il est vrai que mon éducation m'y avait préparée : une femme naissait pour tenir sa maison, son ménage. Alexandre m'avait maintenue dans un carcan pendant quinze ans, il fallait que je continue à être docile, à épouser le tempérament d'un homme, à le suivre comme une ombre. Je n'étais rien, sans cette projection j'aurais été aussi transparente que le verre.

De jeune général, tu devins général en chef puis Premier consul. Ta personnalité était suffisante pour nous deux, pour mille, pour un empire. Tu fus nommé consul à vie, puis empereur. Nous étions dans un tourbillon, volatilisés, mes pauvres vœux d'indépendance ! Face à toi, je ne faisais pas le poids.

C'est toi que l'on fêtait à travers moi. C'est toi dont on baisait les doigts en se penchant sur les miens, c'est toi que l'on craignait, que l'on respectait. Je me cherchais dans le regard de l'autre, mais je n'y étais plus, j'avais disparu.

La notoriété avait un prix. Je m'éloignais de ma vie d'autrefois, de ma tante Edmée, de mes amis, les Tallien entre autres. Ma nouvelle existence se déroulait sur une scène de théâtre. Telle une actrice, j'appartenais à mon public. On me regardait, on m'épiait, mes faits et gestes étaient commentés. Je devins dépositaire de ta gloire. Après avoir défendu la mémoire d'Alexandre, je portais tes lauriers. Je n'étais qu'un rouage de transmission, un dédoublement de toi-même. Bientôt, ma stérilité s'érigerait en affaire d'État.

Ma vie s'est passée à t'attendre. Mais je ne me considère pas comme une victime de la tyrannie napoléonienne. J'étais consentante. Je me suis ralliée. J'avais été élevée pour servir un homme, je n'avais qu'à m'exécuter. J'ai vite abandonné mes rêves d'indépendance. Bonaparte, comment ne pas t'obéir quand, le doigt pointé, tu disais : Je le veux, je l'exige... ? Ces mots ponctuaient tes phrases. J'aurais dû comprendre à l'intensité de ton regard auprès de qui je m'engageais.

C'est moi qui ai marché comme un soldat, pas toi. Sans notre mariage, j'aurais fini dans un salon, en femme d'influence, délaissée dès qu'elle aurait pris des rides. Je n'ai ni le talent de peindre, ni celui d'inventer des histoires, je n'ai pour moi que mon éducation, ma coquetterie. Je sais m'habiller, mélanger les étoffes, créer des modes, poser des bijoux sur ma tête, rien à côté de l'art de mener les hommes, le génie de la guerre qui te propulsait au-dessus de tous.

En Martinique, une diseuse de bonne aventure m'avait prédit un mariage malheureux, un veuvage, cela était somme toute assez courant. À peine arrivée à Paris, je consultais Mme Lenormand, une vraie sorcière, à qui Barras et même Robespierre rendaient visite. Elle m'avait annoncé un remariage avec un homme qui ferait de moi *plus qu'une reine*. *Plus qu'une reine*, cela n'existe pas. J'avais balayé de ma mémoire sa prédiction. Comment imaginer que le jeune Bonaparte deviendrait plus que roi !

Il est une heure du matin. Si Mlle Avrillion n'avait pas été de repos, elle m'aurait obligée à souffler ma bougie et à rejoindre mon lit, comme le ferait une nourrice. J'aime ce rôle nouveau qu'elle s'attribue. Elle n'osait être trop proche de moi lorsque j'étais l'épouse de l'empereur. Je comprends cette aise qu'elle trouve désormais à mes côtés, une femme sans homme est moins intimidante.

Le sommeil ne me vient pas. Alors je me relève, j'ouvre la fenêtre, respire cet air frais qui caresse mon corps. Je ferme les yeux, le vent balaie mes cheveux, je pourrais être à la proue d'un navire qui m'emporterait loin d'ici, mais malgré la souffrance, tout me ramène au Louvre. Notre mariage était moins fastueux. Tu ne possédais que *ta cape et ton épée*, mon notaire, M. Raguideau, n'avait eu de cesse de me le rappeler.

Il avait peur pour moi. S'il avait su qu'en plus tu arriverais en retard à la mairie ! J'étais au bord de l'humiliation. Ma couronne de fleurs aux couleurs républicaines commençait de se faner, je pensais à m'enfuir. J'adressai à Barras un regard bien lourd de reproche, lui qui m'assurait que ce garçon en apparence si frêle, presque négligé, était *un être hors du commun* et que je pouvais fonder sur lui *de grandes espérances*.

Quelles espérances ? Tu n'étais même pas à l'heure pour notre mariage ! L'amour est-il fait pour toi, Bonaparte ? Tu as toujours préféré les bivouacs aux alcôves, la solitude de ton cabinet à toutes les cérémonies. Quel homme bizarre es-tu ?

Pourtant tu m'as aimée.

Nous t'attendîmes deux heures, tu imagines combien elles m'apparurent longues et humiliantes ? À partir de vingt heures nous entendîmes la pendule dorée du salon de l'hôtel Mondragon sonner toutes les quinze minutes ; Barras, Tallien, Calmelet, mon homme d'affaires, Leclercq, l'officier de l'état civil, regardaient le plafond, moi aussi d'ailleurs puisque je peux encore me souvenir de chaque détail des *Quatre Saisons* peintes par Noël Hallé.

Enfin à vingt-deux heures, tu poussas les deux battants de la porte de l'hôtel Mondragon, suivi d'un de tes aides de camp, le capitaine Le Marois. Tu avais les cheveux trop longs, le teint trop pâle, tu étais bien malingre comparé à Hoche et Barras, malgré ton sabre à la ceinture, mais plein d'une énergie qui aurait déplacé des montagnes.

Tu ordonnas de nous unir, mais le dénommé Leclercq était déjà parti se coucher et Barras dut faire appel au commissaire du Directoire qui l'accompagnait pour le remplacer. Peu importe qui officiait.

– *Mariez-nous, mariez-nous vite !* dis-tu avec une pointe d'accent étranger, dont tu ne t'étais pas encore débarrassé.

Tu pris place à mes côtés, tu m'embrassas longuement devant l'assemblée abasourdie. Tu t'impatientas en écoutant les propos de rigueur. Quand enfin le moment de me passer l'anneau arriva, tu te trompas de doigt, et tu te repris. Les préparatifs de campagne et la carte du Piémont devaient être bien présents dans ton esprit.

Le commissaire du Directoire ne pouvait se substituer à l'officier de l'état civil. Ton témoin Le Marois était mineur, tu avais triché sur nos âges, tu m'avais rajeunie et tu t'étais vieilli, gommant ainsi les six années qui nous séparaient. Tu avais biffé le *u* de ton patronyme et modifié le *i* de ton prénom. Napolione Buonaparte devenait Napoléon Bonaparte.

Tout était faux, mis à part ton amour.

Déjà, tu refaisais le monde selon ta volonté.

Je te prénommais Achille, un surnom guerrier, le seul que je me permettais. Toi, tu aimais m'appeler *mio dolce amor*. Était-ce corse, italien ? Achille partirait bientôt à la guerre. Tu étais sans rivage, je n'aspirais qu'à m'enraciner. Mon univers était restreint, le tien n'avait pas de frontières. Une terre de quelques acres m'aurait comblée, il te fallait un pays tout entier, plusieurs pays, des territoires, des milliers de kilomètres pour t'épanouir.

Je préférais t'appeler Bonaparte.

– *Pourquoi m'appelles-tu toujours Bonaparte ? Vilain petit monstre. Pas de mot tendre, peu de surnoms, jamais mon prénom ?*

Bonaparte, Buonaparte, la Bonne Part, cela me plaisait bien. Quand je prononce ce nom, je te revois poussant les battants de la salle des mariages, j'entends *Mariez-nous, vite !* Tu commandais, tu orchestrais, tu précipitais. Nos épousailles durèrent moins de dix minutes, avec les civilités d'usage.

Rien de comparable avec ton nouveau mariage qui s'est étendu sur quatre jours, quatre jours de festivités qui n'en finissent pas de me poursuivre. Où est la place de l'amour au milieu de tant de monde ? Nous fûmes moins gâtés, tu étais général, pas empereur, mais au fond c'était mieux. Pas de berline aux armes de l'Empire. Pas de reine Caroline arrivant dans un carrosse tiré par huit chevaux isabelle. Pas de ministres, de pages, de piqueurs, de belles dames de Paris en cabriolet et d'élégants à cheval. Pas de roulements de tambours, pas de canons, pas de souper dans un château aux murs drapés, brodés, criblés d'abeilles impériales. Après avoir salué les témoins, nous rentrâmes à pied, chez moi, rue Chantereine.

Mais le mariage civil ne me suffisait pas, je voulais être mariée devant Dieu. Tu finis par trouver dès le lendemain, à Croissy-sur-Seine, un prêtre, tant pis s'il était insermenté. Là-haut, comme sur terre, tu avais tes arrangements. Dieu ne serait pas de trop pour t'aider à annoncer à ta mère ton union avec une veuve, plus âgée que toi, affublée de deux enfants et d'une triste réputation. Mais tu ne voulus aucun témoin pour cette cérémonie, ainsi elle n'existait pas, elle ne comptait que pour moi.

Tu as convoqué la terre entière le 31 mars 1810, pour accueillir Marie-Louise arrivant de Saint-Cloud. Après, le mariage civil fut célébré au palais selon les détails réglés par M. de Ségur, grand maître des cérémonies, en présence de la cour et de la famille impériale. Suivirent un dîner et un spectacle : *Iphigénie en Aulide* de Racine. Comme tu as dû t'ennuyer, tu n'aimes guère le théâtre ! Tu t'y rendais peu ou pour me faire plaisir. Pourquoi t'imposer Racine ? Pour impressionner Marie-Louise ?

Comme le craignait ton beau-père, serais-tu devenu *snob* ? L'hypocrisie est déjà au rendez-vous, tu t'es bien gardé de lui dire que le mariage religieux se déroulerait dans le Salon carré du Louvre. Parce que tu es excommunié, le mariage ne peut être célébré à Notre-Dame. Le Salon carré du Louvre déguisé en chapelle ! Trop d'or, trop d'abeilles brodées sur les étoffes, trop de tableaux volés aux pays vaincus.

Il paraît que tu n'as pas lésiné... Les spectateurs ont dû être bien étonnés de voir un cardinal se signer, le grand aumônier présenter l'eau bénite et entonner le *Veni Creator* dans ce drôle de décor. Ton épouse a dû être plus surprise que séduite. On est moins ostentatoire à la cour de Vienne. La vieille noblesse autrichienne n'a besoin ni d'or ni de diamants pour s'affirmer. Ne crains-tu pas qu'elle juge tout cela un peu parvenu ? Je sais que l'idée que tu te fais de la monarchie t'a imposé ce décorum, non tes goûts personnels, toi tu t'accommodes d'une tente et d'un tapis de paille comme les bergers corses.

Tu as retrouvé l'oncle Fesch pour bénir vos anneaux, mais treize cardinaux sur vingt-six ne sont pas venus. Tu es furieux. Leur absence te rappelle l'excommunication qui pèse sur toi, leur désapprobation à l'égard de l'annulation de notre mariage. Voilà, ton second mariage est irrégulier, tes enfants seront des bâtards. Mais ils ne connaissent pas Bonaparte, tu n'es pas semblable aux autres hommes et les règles ordinaires de la moralité ne s'appliquent pas à toi. Tu enverras les *sots de cardinaux*, comme je t'entends encore les nommer, en exil et leurs biens seront confisqués. Et Marie-Louise offusquée risquera d'être expédiée chez son père en tentant de les défendre... Est-ce le premier de tes emportements qu'elle essuiera ? Va-t-elle très vite pressentir que son mari ne fera jamais partie du cercle des souverains héritiers ? Ton mauvais goût me faisait rire, tes emportements étaient passagers, mais ton besoin de légitimité m'a toujours inquiétée.

Sais-tu que votre mariage fut une journée de deuil pour la reine Marie-Caroline, la grand-mère de Marie-Louise, qui est allée jusqu'à qualifier d'*adultère dégoûtant* cette union avec un *soldat excommunié et bigame* ! Seules les insultes nous rapprochent. Je préfère ne pas connaître les noms d'oiseaux que ta mère et tes sœurs utilisèrent à mon égard quand tu les informas de nos noces...

Le grand banquet est organisé dans la salle des spectacles du palais des Tuileries, transformée en salle des fêtes. Tu ne regardes pas à la dépense. Tu réaménages, rien n'est assez beau pour la fille de l'empereur d'Autriche. Tu veux lui montrer que les palais sont aussi majestueux en France, qu'elle n'a pas parcouru tant de kilomètres pour ne point être fêtée mieux que chez elle. Le grand couvert a été dressé sur une table en fer à cheval. Je la devine étincelante de candélabres et ruisselante de vermeil. Tu prends place au centre, Marie-Louise à ta gauche, madame mère à ta droite. Le repas est censé se dérouler selon l'ancienne étiquette.

Nous, nous n'avions pas de maître de cérémonie, pas de cour, pas de famille. Pas de palais, pas de salle des fêtes, pas d'hommage des corps d'État, seuls une dizaine d'amis étaient conviés à la cérémonie.

Comment as-tu présenté la cour à la nouvelle impératrice, toi qui t'adressais aux courtisans en leur demandant de te rappeler leur nom ? Tu regardes ce monde de haut, tu penses qu'*à la cour seul le monarque est quelque chose, les autres ne sont que des valets*.

Les festivités se prolongeront encore. Tu n'en as jamais assez. Une réception sera organisée dans la salle du Trône. L'empereur et l'impératrice, entourés des princes et des princesses, écrasés sous la lourdeur de leurs habits et parures, recevront les hommages et les félicitations des corps d'État réunis. Tu as ressorti ton pourpoint de satin blanc, brodé d'or, ton manteau à l'espagnole parsemé de diamants, le grand cordon de la Légion d'honneur sur ta poitrine et, à la garde de ton épée le régent, le plus beau diamant du monde, brille de mille feux. Toi qui ne te sens vraiment à ton aise que dans ta vieille redingote et ton vieux chapeau en castor. Les dames d'honneur ont été à la chapelle chercher la couronne et le manteau du sacre pour Marie-Louise, elles ont dû l'aérer tant il exhale mon parfum.

L'huile de musc résiste aux années. Ton esprit s'affole. Si la vie était un jeu de cartes, il en manquerait une ? La reine ?

Je me lève pour ajouter une bûche dans la cheminée, je ne porte pas de mules, le parquet réchauffe mes pieds à mesure que je m'approche de l'âtre. Personne ne se précipite pour accomplir ce geste à ma place.

Hier j'ai visité mon potager. Là où tu es, des pyramides de fruits et légumes, des petits joyaux taillés en dés doivent s'élever sur les tables nappées sans que personne puisse imaginer leur forme originelle.

Je n'envie pas la mascarade qui accompagne ces festivités. Je préfère notre mariage par lequel je liai ton destin au mien. Dans la mythologie des amants, nous serons à jamais un couple de légende.

Bonaparte, tu n'as pas assez tenu compte de mon passé. Avant toi, rien ne devait exister. Pourtant, ma vie n'a pas commencé en te rencontrant, quand bien même je l'eusse préféré. Nous nous sommes mariés le 9 mars

1796. Le 11, Junot passait déjà te prendre. Notre lune de miel n'a duré que deux jours. Un songe. Tu aurais dû m'emmener avec toi. Je ne me serais pas divertie avec Térésa, je n'aurais pas rencontré Hippolyte. Achille, nous n'en serions pas là.

Tu m'as créée comme un personnage, sans considérer ma naissance.

Les femmes sont habituées à laisser le patronyme du père pour celui du mari, pas leur prénom. Je portais un prénom traditionnel chez les La Pagerie. Josèphe, agrémenté de celui de ma fleur préférée, la rose. Tu n'as pas envisagé ce qu'il m'en coûtait d'abandonner mes prénoms de naissance, si je tenais au prénom de mon grand-père, si celui de Rose, cadeau de ma mère, était important pour moi.

Je me surpris moi-même tant j'abandonnai avec facilité mon ancienne identité. Mon prénom avait couvert trop de drames, avait été prononcé par trop de voix mauvaises, les insultes d'Alexandre, la voix du bourreau. Avec une intuition incroyable, tu voulus m'en débarrasser. Tu ne pensais pas seulement aux hommes qui avaient prononcé mon prénom, mais au poids des émotions qu'il évoquait pour moi.

Bonaparte, il ne suffit pas d'ignorer un prénom pour effacer les souvenirs et les peines qui s'y attachent. Tu pouvais le biffer, le réduire au silence, tu ne pouvais pas ignorer que ce long prénom m'avait accompagnée trente-deux ans avant de te rencontrer. Cela m'aurait bien plu de devenir une autre, d'abandonner mes terreurs, mais il ne suffit pas de changer le titre d'un livre pour en modifier le contenu. Les heures s'accumulent, elles ne se remplacent pas. Mon nouveau patronyme était corse et républicain, quelques instants le sentiment de trahir mon ascendance me traversa, mais il fut vite effacé quand je t'épousai.

Marie-Louise est passée d'un empire à un autre, d'une cour à une autre. Je venais de l'enfer ; de l'enfer j'étais passée aux bras de celui qui me surnommait sa *bonne étoile*. Tu m'avais donc trouvée dans le ciel. Dans notre ciel. En me quittant, tu me reconduisis en enfer. Je ne regrette ni la cour ni les palais, je ne regrette que toi. Vivre sans être ta femme ne m'intéresse pas.

Je me lève et je tombe agenouillée, comme Marie-Louise, mais sans fastes, ni invités. Tant mieux, les fastes et les invités sont de bien froids compagnons.

Il me semble impossible que tu ne ressentes pas ma détresse en cet instant. Nous étions si proches. Tu t'es éloigné, tes ambitions dépassent l'amour terrestre. Tu ne m'appartiens plus, mais tu n'appartiendras plus jamais à aucune autre.

Seule, pieds nus dans ma chambre, je marche de long en large. Les volants de ma chemise de nuit légère comme une robe d'été enflent et me découvrent les jambes. Vous dansez à cette heure-ci ? Tu n'es pas bon danseur, rien à voir avec mon premier mari. La danse pour toi n'est qu'un prétexte pour approcher les femmes. Tu danses mais je dois rester à ma place, seule dans ma chambre bien chauffée, bien éclairée, alors qu'il fait nuit et froid dehors, avec mon cahier, mon seul ami, qui m'attend.

De ma place pourtant, je vois : je vois que vous ouvrez le bal sous les applaudissements. Elle a revêtu une robe de tulle argent, je soupçonne mon propre couturier de la lui avoir confectionnée. Tu as bien réquisitionné mon coiffeur ! Tu te rapproches, elle est plus grande que toi, elle te dépasse d'une tête au moins, tu as l'air petit, corpulent, à ses côtés. Elle ne te va pas, elle flatte ta gloire, mais pas ton physique. Tes cheveux épars sont plaqués sur ton front par la transpiration, tel un empereur romain. Tu te promènes déguisé, ridicule aux côtés de cette fille du Tyrol à peine sortie de l'adolescence, cette jeune archiduchesse au regard perdu, aux joues encore un peu rondes. Penser à votre couple, fût-il mal assorti, m'est trop douloureux. Comment chasser cette vision ? Bonaparte, apprends-moi, je t'en supplie !

Je retourne vers la cheminée, je balance toutes les bûches du panier en osier dans l'âtre, voilà, une montagne de bûches, encore plus de lumière, encore plus de chaleur, les flammes s'affolent, elles ondulent avec moi, je virevolte dans ma chemise de nuit brodée. Quadrille, contredanse, partenaires imaginaires, je tournoie sur le parquet. Depuis que tu as découvert l'existence d'Hippolyte, ma vie est une longue succession de peurs. Mais ce soir, je fête la fin de la peur. Le pire est arrivé, les cloches, un hymne de ton compositeur préféré, Paisiello, puis une valse résonnent dans mes oreilles.

Ces cloches dont le son était doux à tes oreilles. Il t'invitait à réfléchir à quelque chose de philosophique, plus élevé que ton ordinaire : *Les cloches et les canons sont les plus grandes voix de la civilisation ; elles luttent avec le tonnerre, cette voix terrible de la nature. Je vous prie, ne brisez pas les cloches.* Tu les aimais parce que tu avais grandi auprès d'une église à Ajaccio. Tu crois pourtant en ton étoile plus qu'en Dieu. Leur tintement qui me semblait mélodieux dans nos campagnes me blesse l'ouïe autant que la rafale d'un peloton d'exécution.

Marie-Louise était destinée à être reine, pas moi. Les mots « devoir », « intérêt de l'Empire » pèsent davantage que le mot « amour » dans son cœur. D'instinct, elle connaît la distance nécessaire entre elle et la comédie. Moi, j'ai été livrée à la farce sans entraînement. À l'époque, entrer dans une famille française de *bonne noblesse* te suffisait.

On ne s'improvise pas reine. Tu le croyais. J'avais trop de cœur, trop de chair, trop de désir pour accomplir cette tâche. Je n'étais pas faite pour la comédie.

Quand je pense que tu as demandé à ma propre fille de t'initier à la valse pour séduire Marie-Louise, je ris parce que c'est comique, n'est-ce pas ? Mon guerrier bedonnant qui s'entraîne à la danse ! Quel grand enfant ! Un, ton pied droit va vers l'avant, deux, le gauche sur le côté, puis les pieds joints. Tu t'emmêles, tu n'y parviens pas, tu n'as pas de rythme et bien du mal avec toute cette chorégraphie. Puis, après avoir ri de t'imaginer valsant dans ton bureau au bras de notre Hortense, je pleure, je pleure mon destin abîmé. Je pleure parce que j'aurais aimé comprendre.

Pardonner.

Approuver la raison d'État. Ai-je le choix ? Je dois t'aider à accomplir ton destin, t'y encourager, mon rôle à présent se borne à cela.

Me le répéter.

Oui, me le répéter.

Apaiser ma douleur en croyant que cette décision était difficile pour toi, apaiser ma douleur malgré la valse, malgré tes bras qui enserrent ta jeune épouse arrivée d'Autriche.

Je dois accepter ce qui, hier encore, me paraissait inconcevable.

J'ai poussé l'extravagance de la situation jusqu'à tenter d'intervenir dans le choix de celle qui me succéderait.

Il me semblait que le plus enviable dans une relation amoureuse était d'aimer. Je n'ai jamais aimé Barras, Hoche, ni même Charles… Ils m'ont apporté de la distraction, c'est tout. Rompre ces liaisons ne m'a causé aucune peine. Je ne peux cesser de t'aimer, Bonaparte, mais pourquoi cesserais-je ? Personne ne pourra m'y contraindre, pas même Marie-Louise. Elle pourra m'interdire de te voir, pas de t'aimer. Tu étais si souvent absent que rien n'est vraiment modifié.

Je t'aime le jour de tes noces. Quelle malédiction !

Je me récite ta lettre. Je n'ai d'autre choix que de croire à chacun de tes mots : *Tu ne peux mettre en doute ma constante et tendre amitié, et tu connaîtrais bien mal tous les sentiments que je te porte si tu supposais que je puisse être heureux si tu ne l'es pas et content si tu ne te tranquillises… Adieu, mon amie, dors bien, songe que je le veux.*

Je dois te croire. Malgré les cloches qui résonnent dans ma tête, malgré ton mariage. Je dois te croire ou je mourrai ce soir de chagrin.

Je serre ta lettre contre ma poitrine que tu couvrais de baisers, jadis. Je n'ai plus que tes lettres, le feu, la danse solitaire pour me réchauffer. *Adieu, dors bien, songe que je le veux.* J'aime tes ordres. Quand tu ordonnes, tu t'occupes de moi. Mais pourquoi *adieu* au lieu des *bonsoir* ou *bonne nuit* de jadis ? Plus une lettre sans que tu n'inscrives le mot « adieu », comme si notre prochain rendez-vous n'était pas sur cette terre mais au ciel.

Parfois des rêves s'emparent de moi et j'imagine que notre amour recommence. Après avoir été mon mari, tu redeviens mon amant. Ce n'est pas banal comme situation mais pas inenvisageable. Lorsque nous nous promenions le soir de Noël à Trianon, cachés derrière un mur, tu me laissas entendre que tu reviendrais un jour d'une bataille, directement à la Malmaison, sans que personne le sache, et que si mon bain était prêt, tu t'y glisserais après avoir pris soin de me déshabiller.

– *Mais on fera déborder l'eau de la baignoire !*

– *Ne l'a-t-on déjà fait ?* fut ta réponse.

Notre séparation n'est pas aussi tranchée que la

procédure le laisse supposer. Marie-Louise peut être jalouse, comme je le fus de Marie Walewska. J'appartiens à ton passé. Le palais des Tuileries est encore imprégné de nos étreintes.

Sache-le : je me suis rapprochée de Marie. Délaissée par toi, elle s'est installée à Paris avec la ferme intention de te reconquérir. Elle t'aime encore. Nos souffrances ont fini par nous lier. Tu continues à la voir ? Qu'importe, cela ne me regarde plus...

Deux femmes s'entendent souvent contre une troisième même si Marie et moi-même n'avons jamais évoqué la nouvelle impératrice. Après avoir été concurrentes, nous sommes devenues solidaires.

Dans quelques heures à peine, Mlle Avrillion reprendra son service. Elle me grondera si elle me trouve derrière mon bureau à écrire.

Il est minuit. Les grands aumôniers ont dû bénir la couche conjugale sous vos yeux empressés. Puis la porte s'est refermée. Tu t'es absenté pour revenir nu, ta robe de chambre négligemment jetée sur une épaule. La pauvre a dû trembler devant ce petit homme aspergé d'eau de Cologne. Bonaparte, l'as-tu violée, comme Marie Walewska lors de votre première nuit ? Est-il possible qu'elle aime tes manières et que ses nouveaux sentiments s'accordent avec la volonté de son père ?

Je ne veux pas penser à la nuit, je veux oublier la nuit. Je m'allonge, je me répète tes mots : *Dors bien, songe que je le veux.* Je pleure en attendant que tes mots fassent effet.

Quand l'impératrice fut grosse, tu décidas de m'éloigner. Tu me savais bonne et le répétais à qui voulait bien l'entendre. Je trouvai le courage de partir une fois encore, alors que je venais à peine de m'habituer à mon nouveau sort à la Malmaison. Tu m'infligeais une nouvelle épreuve, un nouveau lieu, encore plus éloigné des Tuileries, de toi... Voulais-tu protéger Marie-Louise de ma jalousie ou m'éviter la cruauté de ses couches ?

La véritable version était pire. Mlle Avrillion me la livra : on m'éloignait en cas d'accident ; s'il arrivait malheur à ton enfant ou à sa mère, tu ne voulais pas que quelqu'un de mon entourage ou moi-même en soit accusé. Quelle misère ! Comment imaginer que j'aurais pu vouloir du mal à Marie-Louise ou à ton bébé ? Je fus si meurtrie par ces ragots que pour la première fois, je réprimandai Mlle Avrillion et lui ordonnai de ne plus jamais me répéter des rumeurs aussi indignes. La pauvre Mlle Avrillion s'excusa.

– *Mademoiselle*, lui dis-je, l'air sévère, *restons éloignées des fâcheux, on se salit à répéter leurs funestes propos.*

Pour la seconde fois, tu me donnas le choix entre un exil en Italie ou à Navarre. L'important était que je parte loin, que ma faible lumière ne ternisse point le rayonnement de la nouvelle impératrice. C'était m'accorder beaucoup d'honneur. Comment aurais-je pu lui voler son éclat ?

L'idée de m'éloigner m'était douloureuse à cause de la distance qui me séparait de toi. La cour ne pouvait plus me manquer. Je n'en avais plus la nostalgie. Je t'écrivis une longue lettre, où je te demandais de ne pas m'abandonner, j'avais besoin de tes conseils. Tu ne pouvais refuser de m'aider. En me donnant cette preuve d'amitié, tu me consolerais un peu de tous mes sacrifices. Tu étais trop occupé pour me répondre. Tu te contentas de dicter tes intentions me concernant aux enfants.

Mais j'exigeai une lettre de toi, pas d'intermédiaire entre nous, pas même Hortense, ni Eugène. Finalement, tu m'écrivis que tu me laissais libre de choisir entre les deux solutions : *J'approuve tout ce que tu feras, car je ne te veux gêner en rien.* Je choisis Navarre. Il me fallait encore mobiliser mon courage, à bien rude épreuve depuis quelques mois, pour partir de ma chère

Malmaison et pas mal d'abnégation. La Malmaison m'appartenant, j'aurais pu décider d'y rester. Marie-Louise m'avait assez contrainte, mais je ne voulais pas y demeurer si ma présence embarrassait.

Quelle sérénité en aurais-je retirée ? J'avais fait les frais de la jalousie. J'aurais aimé trouver quelques avantages à disparaître : personne ne m'envierait plus, enfin. J'aurais aimé ne plus gêner, en avoir fini de la méchanceté, mais non, je gênais encore.

Je devais accepter mon rôle de souveraine destituée jusqu'au dernier outrage : quitter ma maison parce que tu la jugeais encore trop près des Tuileries. Je ne devais ni me plaindre ni pleurer sur mon sort, juste accepter. Pas d'amour-propre, pas d'orgueil. Malgré tout, j'encourageai mes enfants à demeurer proches de toi au risque d'être frappés d'une disgrâce semblable à la mienne.

Ils t'en voulaient plus que moi, ils avaient perdu un père pour la seconde fois. Je les suppliai de ne pas te juger et de comprendre tes impératifs. Je leur relus la lettre dans laquelle tu me promettais amour et protection éternels.

Hortense et Eugène doutaient de la persistance de tes sentiments lorsque tu aurais un enfant de ton sang. En attendant, nous devions nous cacher à Navarre, tels étaient les ordres. Eugène m'accompagna vers ce lieu inconnu.

Ma suite était bien affolée. Mais elle finit par trouver de la joie à aller en Normandie, en société réduite. C'était une belle terre, tu l'avais achetée aux ducs de Bouillon qui l'avaient reçue de Louis XIV, avec des forêts et des eaux. Le château était délabré et peu meublé. On m'y expédia sans laisser le temps aux indispensables réparations.

Nous restâmes quatre mois à Navarre, dans ce château humide, niché au centre d'une cuvette et fort mal chauffé.

Je fis venir des meubles de la Malmaison, quelques ornements, du bois de la forêt pour allumer toutes les cheminées. Nous parvînmes à demeurer ainsi du 23 novembre 1810 au 1er avril 1811. Quatre longs mois. Sans lilas ni jacinthes, mais ma passion pour les roses et la botanique m'aidaient à oublier l'humidité. Je m'attachais au principe qui, dans des situations plus graves, m'avait sauvé la vie : *faire contre mauvaise fortune bon cœur.*

Je montrais donc bonne figure, me contentant de ces vieux murs. Mme de Rémusat me tint bien souvent compagnie les soirées de mélancolie. Avec ma petite société et quelques musiciennes désargentées sortant de chez Mme Campan, mon exil fut moins pénible.

Je m'attachais à penser que cette mise à l'écart était

pour mon bien, que tu me protégeais d'un événement trop cruel pour une ex-épouse, et je chassais toute autre supposition. La bienveillance de mon entourage m'encourageait et, quand mon moral flanchait, je résistais et ne me confiais guère. Car je soupçonnais Mme de Rémusat malgré sa bienveillance de prendre des notes, de préparer des mémoires, de répéter mes moindres gestes à son mari qui te parlait.

Dans ma retraite, je demeurais digne malgré mes blessures, sans rien exiger que du repos, m'interdisant tout épanchement. Je m'intéressais aux uns et aux autres, je demandais avec attention et intérêt de leurs nouvelles, je les aidais quand je le pouvais, j'offrais des cadeaux aux enfants, j'avançais de l'argent quand la somme était envisageable. *« Je m'étais tracé une ligne que je devais suivre, je ne m'en écarterais pas. »* Seul mon fils connaissait le fond de mon âme, mes peines, mes peurs, et avec lui je soulageais ma douleur.

Les enfants ne sont pas là pour aider les parents, mais le père des miens était mort sous la guillotine et cette tragédie nous avait soudés plus que beaucoup de familles qui n'ont traversé aucune épreuve. Nos rôles s'étaient inversés. J'en étais désolée, désolée d'être cette mère fragile, cette mère répudiée de son rôle d'épouse. Ils n'avaient pas besoin de cette nouvelle épreuve pour devenir adultes. Ils étaient forts, bien plus que moi, ils pouvaient m'aider sans me culpabiliser.

Ils te ressemblaient dans leur aptitude à décider. Tu vois, sans lien du sang, tu leur avais transmis quelque chose de toi. Après tout, tu étais un père pour eux.

Eugène se plut à Navarre.

Le rituel de nos journées ressemblait à celui d'un couvent plus qu'à celui d'une cour. Le déjeuner était servi à onze heures et se prolongeait jusqu'au milieu de l'après-midi. Ouvrage de dames, lectures, visites, promenades. Comme le temps était souvent à l'orage, j'imposais le port des sabots pour marcher plus aisément dans les sentiers autour du château. Mlle Avrillion s'en amusait :

– *Une cour en sabots !* répétait-elle en riant.

Quand il gelait, nous nous faisions pousser en fauteuil sur la glace par des messieurs, imagine que j'ai même fait venir des traîneaux de la Malmaison ! Mais la pauvre demoiselle Avrillion percuta un autre traîneau et se rompit le tibia. Je dus la soigner et, comme elle souffrait, rester à son chevet.

Je renonçai aux festivités locales, mis à part un bal donné en mon honneur par le préfet de l'Eure. Je savais que les rumeurs d'une trop grande popularité ici te déplairaient pendant la grossesse de l'impératrice et même après. J'avais eu un rôle de premier plan, je ne cherchais pas à lui faire ombrage. Je me privais aisément de festivités qui auraient eu pour seul intérêt de distraire ma petite société.

Pas de résignation, ni de tentation, j'avais suffisamment rayonné auprès de toi pour aspirer à la paix et refuser les invitations du préfet. Disparaître, juste disparaître. Demeurer à l'abri des regards à Navarre où le dîner se tenait dans la grande salle en apparat à dix-huit heures. Puis on se séparait pour un peu de toilette, et on se retrouvait pour écouter de la musique, faire des charades. Certains soirs, je cherchais mon avenir dans les arcanes du tarot, mais je m'aperçus vite que je n'en avais rien à attendre. « *C'est un bien si doux que la tranquillité, l'ambition est la seule chose qui puisse en dégoûter, et, Dieu merci, je ne suis pas atteinte de cette maladie.* »

Je voulais que tu sois fier de ma conduite, de mon effacement puisque c'est cela que tu me demandais.

À ma façon, j'attendais aussi le joyeux événement.

Je n'ai point de jalousie, je te le jure, même si de toute mon âme j'aurais aimé te donner cet enfant.

L'enfant naquit le 20 mars 1811. Tu m'en informas le 22, après deux longs jours pendant lesquels mille choses furent plus importantes que m'avertir. Enfin un mot de toi me parvint : *Mon fils est très gros et bien portant. J'espère qu'il viendra bien, il a ma poitrine, ma bouche et mes yeux, j'espère qu'il remplira sa destinée.*

Tu devais être fort occupé, c'est la plus courte lettre que j'aie reçue de toi.

Mes enfants avaient assisté à la naissance et me contèrent ta nervosité, ton indignation devant tant de souffrance infligée aux femmes. Marie-Louise avait eu bien du mal à donner la vie. *Sauvez la mère, avec elle je peux avoir un autre enfant, agissez comme s'il s'agissait d'une petite bourgeoise de la rue Saint-Denis*, ordonnas-tu aux médecins. La pauvre avait eu droit à l'application des fers, après vingt-six minutes de peine.

Les médisances rapportées par Mlle Avrillion me perturbaient encore, longtemps après qu'elle me les eut confiées, et me gâchèrent la joie de te savoir enfin père. Ton fils était né et il avait fallu sept minutes pour entendre le premier cri ! Cent coups de canon furent tirés, les mêmes que pour annoncer votre entrée dans Paris, mais ceux-là ne parvinrent pas jusqu'à mes oreilles.

Moi, je devais encore attendre ton autorisation pour retrouver ma maison.

Elle vint, une fois encore par l'intermédiaire de mon fils, ce qui me chagrina. J'avais trop souffert pour mériter ce manque d'égards. Je t'envoyai une longue lettre, te vouvoyant et t'appelant *Sire* ou *Majesté*, une lettre pour te rassurer. Je te disais que pendant que je serais à la Malmaison, tu pouvais être sûr que j'y vivrais comme si j'étais à mille lieues de Paris. Que le sacrifice serait entier de ma part. Tu ne serais troublé dans ton bonheur par aucune manifestation de mes regrets... Tu pouvais en être convaincu, je respecterais toujours ta nouvelle situation, je la respecterais en silence, confiante dans les sentiments que tu me portais autrefois...

Tu la qualifias d'un *bien mauvais style.* Et toi, tu m'assuras être toujours le même et toujours désirer tout ce qui pouvait m'être agréable. « *Tu me laissais juge de qui était le meilleur et plus ami de nous deux.* » Et tu concluais encore par ce mot affreux et nouveau, *adieu*, et je crois que tu ajoutais : *Adieu, mon amie, porte-toi bien et sois toujours juste pour toi et pour moi.*

J'ai pu quitter enfin Navarre, mes souvenirs chargés de mélancolie. Je ne comprends pas qu'on puisse plonger dans le passé pour soigner quoi que ce soit. Le passé n'apporte aucun soulagement. Quand il m'envahit, je tâche de me laisser distraire par l'instant. Quelle autre solution ? Seul le présent charrie des promesses. J'allais retrouver mon salon de musique, ma harpe, j'étais à présent capable d'exécuter une petite sonate de Joseph Krafft. J'allais revoir enfin mes roses, les magnolias du duc de Dantzig et mes liliacées merveilleuses, dont Redouté me fit de si tendres aquarelles. Mes arbustes exotiques frangipaniers et corossoliers dont Mme de La Pagerie, ma mère, m'envoya les graines de Martinique et qui se plaisent bien sur la terre de France. Mon jardin avait-il souffert de mon absence ?

Un sentiment d'éternité bien plus grand qu'en face de mes collections d'art me transporte quand je contemple cette belle nature. Les arbres poussent, les fleurs s'épanouissent, meurent. Les plantes sont vivantes comme nous, mais elles se renouvellent quand une tempête renverse le cours de leur vie.

Je partage la vulnérabilité des fleurs, de celles en particulier dont je porte le prénom. Tu m'as écrit que j'étais *aussi belle qu'une rose, aussi fragile qu'une rose mais que la rose se fane et moi jamais.* Tu t'es trompé, je me suis fanée comme elle. Mon visage est couvert de minuscules ridules et des plis entourent mon sourire…

Tu as donné ton prénom à un enfant, j'ai donné le mien à une rose.

Ton enfant avait un peu plus d'un an quand il me fut enfin permis de le rencontrer. Marie-Louise ne voulait pas que j'approche du berceau. Cette jeune femme aux allures de Marie-Antoinette, qui aurait pu être ma fille, me redoutait et, loin de me flatter, cela me désolait. Elle était jalouse de celle qui avait consenti à s'effacer pour lui laisser la place. Mais parce que tu l'exigeas, elle finit par accepter le principe d'une entrevue.

Je m'habillai simplement pour ne pas être reconnue. J'avais l'air d'une gouvernante à qui l'on ne refuserait pas un peu de sympathie. Je n'avais pas acheté de jouets, même si j'en mourais d'envie, certaine que Marie-Louise n'apprécierait pas que je tente de créer le moindre lien avec ton enfant. Imagine le drame si plus tard il me réclamait !

Avec ton autre fils, celui que t'avait donné Marie Walewska, c'était différent... Je l'avais couvert de présents. Pour lui, je m'étais rendue chez Mme Stor, ma marchande de jouets préférée, établie au palais du Tribunat. Sais-tu qu'il est bien aimable avec moi ?

Pour ton héritier officiel, je me bornai à de modestes pâtisseries confectionnées à la Malmaison. On m'avait dit que le petit ange était gourmand… à l'inverse de toi qui te remplissais le ventre sans prendre le temps de goûter les aliments.

C'est accompagnée de Mlle Avrillion que je traversai les jardins de Bagatelle. Mme de Montesquiou, la nourrice, nous attendait cachée derrière un arbre au tronc plus que centenaire.

Quand j'aperçus le landau, je me mis à trembler, comme si c'était toi que je retrouvais.

J'allais connaître la petite personne qui avait bouleversé ma vie et dont j'aurais tant aimé être la mère.

Je dis à Mlle Avrillion :

– *Je crois que j'aime cet enfant avant même de le connaître.*

– *Cela vous ressemblerait bien*, me répondit-elle avec un aimable sourire.

Mme de Montesquiou, une de ses six premières dames, était une grande femme imposante, effrayante par la taille. Mlle Avrillion me prit le bras quand nous nous approchâmes du landau, toutes deux sans rien dire. Mme de Montesquiou sortit l'enfant du berceau et le serra contre elle, comme si l'ennemi approchait. Les gardes autour nous fixaient avec bien de la méfiance.

Je lâchai le bras de Mlle Avrillion et avançai seule. Je savais que je n'aurais plus l'occasion de revoir cet enfant, que tu avais dû taper du poing pour organiser ce rendez-vous. Mlle Avrillion s'empressa de me dépasser et de m'annoncer discrètement. Précaution bien inutile, car malgré mon foulard, Mme de Montesquiou m'avait reconnue.

Je la saluai.

La gouvernante, peu aimable, esquissa un sourire glacial, l'enfant toujours serré contre sa généreuse poitrine. Je connais cette sorte de cerbère, elle s'arrogerait tous les droits. Marie-Louise elle-même ne devait pas être libre d'approcher le petit roi comme elle l'entendait. J'imagine que tu t'en réjouissais. Le fils de Bonaparte ne pouvait être élevé bourgeoisement.

– *Vous permettez ? Je suis une mère...*

J'adoptai le ton outragé de Marie-Antoinette dans le prétoire quand Fouquier-Tinville l'avait accusée de coucher avec son fils et qu'elle en avait appelé à toutes les mères de France...

– *Je peux le prendre* ?

Elle remua la tête négativement, mais à cet instant ton fils me tendit les bras et je le soulevai comme il me le demandait.

– *Voyez-vous comme cet enfant a du discernement…*, s'écria Mlle Avrillion.

J'étreignis son corps de petit garçon, je sentais au travers de ses muscles toute l'énergie de son père. Je ne sais pas si cela te fera plaisir mais cet enfant, malgré ta force, est plus Habsbourg que Bonaparte. Son visage est celui de François Ier et ses boucles blondes celles de sa mère. C'était un prince autrichien que je tenais dans mes bras, mais n'était-ce pas là ton ambition ?

– *Je vous aime*, lui murmurai-je à l'oreille et je l'embrassai, les yeux pleins de larmes.

Nous étions presque de la même famille. Mes propres enfants avaient assisté à sa naissance et d'une certaine façon il me devait la vie.

– *Mon cher petit, vous saurez un jour l'étendue du sacrifice que je vous ai fait, je m'en rapporte à votre gouvernante pour vous le faire apprécier.*

Marie-Louise m'avait fait savoir que ce serait la dernière fois que je le verrais. Probablement trop de traces de moi demeuraient dans l'histoire de son mari.

– *Peut-être ne vous faut-il point trop vous attacher ? Je crains que vous n'ayez beaucoup d'autres occasions de revoir cet enfant…*, dit la gouvernante.

– *Je viens d'arriver, laissez-moi un peu de temps.*

Et je me permis de parler en ton nom :

– *L'empereur le souhaite…*

Vois-tu où j'en étais, supplier une gouvernante. Elle tenait ses ordres de la nouvelle impératrice et n'avait point d'égards pour l'ancienne. Je tendis une madeleine bien dorée couverte de sucre glacé au petit gourmand qui la porta aussitôt à sa bouche.

Je posai ton fils au sol pour voir s'il pouvait exécuter quelques pas sans tomber.

– *Comme vous êtes fort... comme vous tenez bien droit sur vos jambes...*

Et pour le récompenser, je lui tendis une seconde madeleine qu'il avala aussi promptement que la première.

La gouvernante me regarda affolée, comme si elle redoutait l'empoisonnement.

– *Les gâteaux ont été préparés chez moi...*

Mais cela ne la rassura guère, elle devait avoir une bien mauvaise opinion de moi.

Ne connaissait-elle donc pas l'ampleur du cadeau que j'avais fait à sa mère ? Sans mon accord, tout empereur que tu étais, tu n'aurais pu l'épouser. Tu aurais collectionné les bâtards mais tu n'aurais pas eu de successeur au trône.

Bonaparte, je te jure qu'en voyant ce bel enfant, j'étais fière de m'être effacée.

Hortense est arrivée de Saint-Leu, sa magnifique propriété à la lisière de la forêt de Montmorency, pour passer quelques jours à la Malmaison avec le petit Louis-Napoléon, ton neveu.

Je suis vite entrée dans des habitudes de grand-mère et cela avec ravissement. Nous avons surnommé Louis-Napoléon Oui-oui tant il est facile. Je m'amuse parfois à chercher sur son visage tes expressions. Je ne retrouve point celles de ton frère. À l'évidence, le petit a quelque chose de nous. Ce n'est point lubie de ma part, il a hérité de ton tempérament et, je crois bien, de ma douceur pour le modérer… En quelques mots, un petit homme idéal, ce Beauharnais-Bonaparte ! Il demeure un peu notre enfant, puisque ton sang coule dans ses veines, mélangé au mien…

Hier, alors que nous étions au jardin (j'ai maintenant deux cent-cinquante espèces de roses différentes !),

Hortense lui a demandé à qui sa grand-mère ressemblait et l'adorable petit garçon a répondu :

– *À la plus belle femme de Paris !*

Le petit me voit avec son cœur plus qu'avec ses yeux. J'ai pris un peu d'embonpoint. Tu ne manqueras pas de le souligner à nouveau si tu reviens un jour. Les polichinelles, les lanternes magiques, les petites poules d'or pondant des œufs en argent, l'éléphant savant que j'avais fait venir pour l'anniversaire de ses six ans et qui a saccagé ma pelouse, tout cela fut bien amusant... Ton fils aurait été fort heureux s'il avait eu l'autorisation de se joindre à nous.

Ce matin, je n'ai pas eu le courage d'aller dans le jardin, Hortense, inquiète, a poussé la porte de ma chambre. Ses longues boucles tombaient sur ses épaules.

– *Maman ? Tu écris ?*

Elle a découvert mon secret.

– *À qui ?*

J'aurais pu nier, lui dire que je rédigeais quelques billets de recommandation – mes demandes auprès de tes ministres sont souvent couronnées de succès. Mais à quoi bon mentir ? Elle, si intuitive, aurait fini par deviner.

D'ailleurs tu en as fait ta confidente, bien autant que moi. Tu as toujours su reconnaître les qualités et les défauts des uns et des autres. Tu admirais les vertus d'Hortense ; quant aux insuffisances, toi-même insinuais qu'elle en avait peu. Tu te laissais abuser seulement quand tu y trouvais avantage. Un traître pouvait décrocher les plus hautes responsabilités s'il était le meilleur. Tu n'avais peur de personne et ton confort personnel passait après l'intérêt de la France.

– J'écris à l'empereur…

– Une lettre ?

– Je remplis un petit cahier à son intention.

– Mais pourquoi ?

– Pour être près de lui, peut-être ? Si je ne le suis plus physiquement, sa pensée ne m'a pas quittée depuis ma répudiation.

– Maman, ne prononce pas ce mot, tu te fais mal inutilement.

– Ce cahier devra lui parvenir quand je ne serai plus. Je m'en remets à ton frère et toi pour accomplir ce vœu.

– Maman, pourquoi ce discours, tu n'es pas souffrante ?

Elle m'a regardée avec étonnement, comme si elle découvrait qu'en plus de mes malheurs, je pourrais aussi tomber malade.

– Ne te fais pas du mal à ressasser…

– Je n'ai pas le choix.

Elle m'a embrassée, tout en se blottissant dans mes bras. On ne savait plus qui consolait l'autre.

Elle est venue s'installer à la maison pour me soutenir. La pauvre a assez souffert de mes états d'âme, de mes attaques de nerfs, de son mari tyrannique, au point de sombrer dans la démence, pour que je ne pèse pas trop sur elle, même en ces moments difficiles.

Tu as défendu Hortense contre lui, tu l'as écoutée avec bienveillance et je sais qu'elle t'en sera reconnaissante sa vie entière. Il faut dire qu'au lieu de tergiverser, comme nous, tu tranches, ta décision s'abat comme un couperet, quoi qu'il t'en coûte. Tu as été juste et jugé ton frère dérangé. Tu as pris parti pour Hortense en interdisant la sortie de son fils du territoire de France, alors que ton frère voulait s'enfuir avec lui.

Nous étions en cure quand le coup de théâtre se produisit. Louis prit ombrage de ta décision et abandonna la Hollande pour s'enterrer en Autriche.

Son fils avait à peine six ans quand tu nommas Hortense régente. Ma fille, orpheline de père, qui connut ma fragilité et partagea mes ennuis d'argent, devenait reine de Hollande. Elle arriva à Plombières en femme blessée par un mari destructeur et acariâtre. Et en repartit reine, « accompagnée » de Charles de Flahaut, ton futur aide de camp, fils naturel de Talleyrand, comme tu le sais.

Leur aventure débuta un soir de bal. Hortense dansait, il faut dire avec beaucoup de grâce, lorsqu'il se permit de l'applaudir. Hortense, choquée par une si bruyante manifestation, s'approcha de sa mère, Mme de Souza, et lui dit assez courroucée qu'elle ne dansait pas pour se faire remarquer. Sa mère et Charles – officier de dix-neuf ans et bien joli garçon – vinrent dès le lendemain lui présenter des excuses. Hortense tomba amoureuse de Charles. Je m'en aperçus et, avec Mme de Souza, nous élaborâmes l'idée de convier nos enfants en cure.

Nous passions ensemble de charmants moments. Hortense chantait et jouait *Partant pour la Syrie*, cette romance qu'elle avait composée à la Malmaison avec son ami Alexandre de Laborde.

Tu penses que cela ne se fait pas et tu as raison, mais ma fille était bien trop malheureuse pour que je ne lui vienne en aide. Mon invitation leur permit de gagner un peu de temps… Ils décideraient du reste.

Et puis, un enfant est venu, cadeau du ciel pour Hortense – et pour moi. Pour Charles, je ne sais pas. Puisse cet enfant être appelé à de hautes destinées, à l'instar de sa mère.

Combien de fois me suis-je demandé si elle n'avait pas pris ton frère pour époux afin de sauver notre couple. Je lui devais un avenir plus rieur. Infléchir les destins… cette arrogance me venait de toi, de notre position qui nous permettait d'organiser des rencontres, des mariages, de forcer la main du hasard.

Quelle responsabilité !… Influencer pour la seconde fois la vie de ma fille, alors que nous nous étions trompés la première. Ma mission était lourde de conséquences. Tu étais né avec un sentiment de supériorité, tu jouais les ordonnateurs, un don qui te venait de l'enfance, pas moi. Moi, j'agissais en tant que mère. Ma fille était malheureuse par ma faute, je réparais. Je me doutais qu'elle avait quelque inclination pour Charles, je forçai les portes et par amour me transformai en entremetteuse.

– Maman ! Tu n'as pas eu une bonne nuit ?

Je l'ai rassurée. J'étais dans la petite chambre d'angle à côté de ma pièce d'apparat. Je m'y réfugiais lors de mes insomnies, elle me semblait finalement plus adaptée à ma nouvelle condition.

– Les enfants sont dans le parc, allons nous promener. Viens mais couvre-toi, il fait froid.

Hortense souriait. La petite fille qui avait subi les angoisses de la Terreur, la mort d'un père sur l'échafaud, une séparation, n'en avait pas tenu rigueur à la destinée. Elle demeurait confiante, le cœur généreux et poli au point de dissimuler ses tristesses.

– Tu es fatiguée ? Je fais venir le docteur Horeau ?

– *Je vais bien.*

– *Tu es sûre ?*

Askim, mon carlin, digne successeur de Fortuné, tentait de monter sur le lit, sans y parvenir depuis que le lit de ma nouvelle chambre avait été surélevé.

– *Askim a dormi avec moi parce que ta porte était fermée... Mais il préfère la couche de l'impératrice, il a des goûts de luxe...*

Pas seulement, Askim avait aussi mauvais caractère et attaquait sans discernement tous mes visiteurs.

Hortense a décidé de rester, tandis que l'on m'apportait dans de larges corbeilles un choix de robes. J'ai banni la couleur blanche ou crème pour le gris clair ou le noir plus adaptés à mon âge. Je ne demeure plus des heures à faire défiler accessoires et paires de souliers. À présent, je décide à la hâte, animée par un esprit pratique sans beaucoup de coquetterie.

Hortense a essayé une paire de souliers qui lui allait à merveille. Je la lui ai offerte et, comme elle protestait, j'ai été forcée de lui confier que je possédais plusieurs paires de chaque modèle tant elles étaient fragiles, et que je ne les portais jamais plus d'une fois.

Elle a dû percevoir les reproches que je m'adressais et s'est empressée de dire :

– Il est de tradition que les reines et la cour soutiennent les arts par leurs achats et les marchands d'articles de luxe.

Bonaparte, sache que tout cela est bien fini. Que le remplaçant de Duroc, le grand officier, utilise désormais son génie à surveiller les allées et venues des marchands de modes de Marie-Louise...

Triste année que 1814 ; les alliés étaient aux portes de Paris, les communications coupées, les nouvelles incertaines.

Le palais avait prévu de m'éloigner de Paris en même temps que Marie-Louise, mais personne ne vint me chercher. Je dus organiser ma fuite vers Navarre avec Mlle Avrillion. Sans ta protection, on me négligeait.

Le 28 mars je m'exilai donc pour la seconde fois de ma vie vers le château de Navarre qui m'avait abritée pendant la grossesse de Marie-Louise. Nous en connaissions le triste chemin. Les travaux nécessaires à la remise en état du château n'avaient pas encore commencé. Le chagrin de ces murs nous glaçait autant que leur humidité.

Je m'enfuis avec une suite réduite à une vingtaine de personnes dont quelques dames d'honneur et deux lectrices. J'avais cousu moi-même dans mon jupon, afin que personne ne le sache, les diamants qu'Hortense m'avait offerts. Nous aurions ainsi de quoi survivre quelques semaines. Me croiras-tu si je te dis qu'en dépit des événements, la crainte de manquer m'a apporté plus de sérénité que l'opulence dans laquelle nous vivions ? J'y ai même rencontré des jouissances pour mon âme. Les choses retrouvaient leur juste valeur, l'essentiel se distinguait du superflu.

Je m'inquiétais uniquement pour mes enfants et pour toi. J'avais peur de te perdre comme après l'attentat de la rue Saint-Nicaise : « *Mes yeux te couvaient, tu ne pouvais pas me devenir plus cher.* »

Dans la tourmente, Marie-Louise se montra généreuse. Elle eut la délicatesse de me faire parvenir des informations mais je doutais qu'elles reflétaient la réalité. Je te connais, pour calmer son inquiétude, tu n'aurais pas hésité à prétendre que tes affaires allaient bien, et que ta santé était bonne... Masquer les choses, sans laisser percevoir une vérité bien plus alarmante, est ta signature. Plus que tout, je lui suis gré d'avoir protégé Eugène et Hortense de la malveillance de ta famille. Madame mère et tes sœurs ne supportent pas plus l'archiduchesse que mes enfants et moi-même. Elles la surnomment *la renégate*, j'étais *la vieille*. Elles sont sans pitié.

Marie-Louise a dû être bien épouvantée quand elle a appris dans *Le Moniteur* la vérité. Tu avais menti, tes affaires allaient mal, très mal. Je sais par Hortense, dont elle est devenue l'amie, que Marie-Louise, à peine informée de la situation, t'a supplié de signer le traité de paix à n'importe quelles conditions. Effondrée, elle a confié à Hortense craindre de *porter malchance partout où elle allait*. Mais comment la maintenir en dehors des affaires alors qu'elle est régente ? Alors qu'elle passe en revue la garde nationale avec Joseph à ses côtés ? Cela m'étonne que tu ne te méfies pas de lui. Il est à l'origine de notre discorde. Il est vrai que les hommes de qualité se font rares en ces périodes mouvementées. Lebrun, Talleyrand, Cambacérès qui paraît bien fatigué, je doute qu'ils soient des personnes dignes de ta confiance.

En plus des menaces qui pèsent sur toi, les bonnes âmes qui entourent l'archiduchesse, la duchesse de Montebello et ton valet Constant en tête, décidés à te trahir, n'ont pas résisté à raconter tes frasques. Aucune raison qu'ils l'épargnent plus que moi. Ils lui ont offert de puissantes armes pour délier votre mariage. Ainsi a-t-elle appris que tu avais des maîtresses et des enfants naturels. Elle héritait entre autres de ta chère Marie Walewska, toujours là. Tu vas rire si je te confie ne point être fâchée de lui abandonner ce fardeau ! Les épouses se succèdent, la maîtresse demeure.

Sa désillusion est sans doute à la mesure de son innocence. Elle avait fini par t'aimer, je crois, malgré le sordide marchandage dont elle avait été l'objet. Son sacrifice pour mettre un terme aux maux de l'Europe n'a pas été respecté. La paix est impossible autant que l'amour, Bonaparte.

Son courage jusqu'alors bien au-dessus de son âge et son sens du devoir ne lui sont plus d'aucune aide. Déçue et détachée, elle a été guérie par les événements de sa jalousie envers moi, d'ailleurs elle se rend souvent à Saint-Leu avec ton fils.

Tu me trouveras bien étrange si je te dis que je craignais pour le futur de votre couple. Elle est si jeune, si blessée, si seule. Tu l'as nommée régente afin d'associer le prestige de l'archiduchesse d'Autriche à la France. Je reconnais là ton plus grand regret, celui de ne pouvoir invoquer ta légitimité comme principe de puissance. Hortense m'assure que Marie-Louise aurait voulu te rejoindre, mais que tu l'en as dissuadée. Pourquoi diable, quelque chose m'échappe. Étais-tu alors avec Marie ? Avais-tu contracté une vilaine maladie avec tes maîtresses ? Bonaparte, il faut avoir un peu vécu, comme nous, pour savoir pardonner. On ne pardonne pas à vingt ans.

Elle croyait en l'amour. Comme elle a dû se sentir flouée. Tu n'étais ni fidèle, ni solide. Elle croyait que tu serais sincère et invincible. Le pacte était donc rompu.

Comment imaginer que François Ier ne désire pas récupérer sa fille face à cette débâcle, à l'inutilité du sacrifice de ce qu'il a de plus cher au monde : d'empereur des Français, tu ne serais plus désormais que gouverneur de l'île d'Elbe…

Tu avais beau en appeler à ton épouse, cet honneur, tu ne le rendais qu'à sa naissance. Bien qu'archiduchesse d'Autriche, Marie-Louise n'avait pas le pouvoir de te sauver. Son père ne t'aimait pas assez pour écouter son chagrin. Il voulait te briser, quel qu'en soit le prix pour sa fille.

François Ier, conseillé par Metternich, envoya le général Adam Adalbert, le trop élégant comte de Neipperg, pour la protéger. Il paraît qu'elle ne fut pas insensible au charme de son bandeau noir sur son œil blessé…

De quelle sorte d'humiliation as-tu souffert ? Pouvais-tu encore mourir d'amour ? Ton cœur endurci par nos querelles lui a-t-il écrit des lettres pleines de larmes et d'insultes pour la convaincre de rester auprès de toi ?

J'aurais voulu, telle une mère, la conseiller, lui rappeler combien tu étais un homme unique, que personne ne devait ravir la femme de l'empereur, qu'elle devait te suivre, aller jusqu'au bout de son engagement auprès de toi. Elle s'était sacrifiée pour sa patrie, elle devait rester pour la tienne. En t'épousant, elle avait épousé la France. On n'abandonne pas un homme et son pays pour l'enfance. La femme en elle devait résister à son père. Après tout, c'est lui qui l'avait mise dans tes bras.

De funestes pressentiments me tourmentaient depuis longtemps. Vos noces étaient trop liées à la politique. Tu es plus fort que moi en tout, mais il y a des risques à épouser une femme sans la connaître, et à concevoir un enfant pour asseoir un trône. Ces agissements sont mal récompensés. Trop de tractations entouraient votre mariage. L'amour était absent d'une cérémonie conçue pour le célébrer, cela ne te ressemblait pas.

Marie-Louise connaît-elle les raisons pour lesquelles la cathédrale Notre-Dame lui a été refusée ? Bonaparte, tu le sais, nous sommes toujours mariés devant Dieu. Votre fils n'est pas légitime. L'archiduchesse d'Autriche a donné naissance à un enfant adultérin, comment ne t'en voudrait-il pas le jour où la vérité éclatera ?

J'aurais été capable de lui venir en aide, de m'abaisser jusqu'à lui conter mes erreurs pour qu'elle attende ton retour, qu'elle demeure en France avec ton fils. Je sais combien tu redoutes qu'il devienne un prince autrichien. On m'a répété que tu préférerais le voir mort noyé dans la Seine ! Ta colère t'emporte, ces mots ne sont pas dignes d'un père.

Marie-Louise sait où se réfugier, un pays, une famille, un peuple, des châteaux l'attendent. Je crains qu'elle ne revienne plus si elle part. Tu vois, une femme aux origines moins nobles avait quelques avantages…

Le valet de chambre vient de m'apporter une dépêche. Le nouveau régime est disposé à me protéger. Mais comment m'en réjouir ? Aucune nouvelle de toi depuis plusieurs jours.

Je redoute ton fatalisme. J'espère qu'une armée de gardes du corps veille sur toi, que l'on ne t'aborde pas sans avoir rencontré des sentinelles et traversé des salles de garde…

Bonaparte, prends garde à toi.

Le 15 avril une lettre de Marie-Louise m'avertit que le calme était revenu et que je pouvais enfin rentrer de Navarre. Ma liberté est toute relative, en tant que membre – même éloignée – de la famille impériale, je dépends toujours d'une autorisation pour entreprendre le moindre voyage.

Depuis quelque temps, je m'affaiblis. Mon cœur s'affole à la moindre lettre. Je redoute à chaque fois une mauvaise nouvelle. Un sinistre pressentiment me traversa le cœur quand, juste avant de quitter Navarre, j'ouvris une missive de Caulaincourt, qui m'invitait au plus grand secret. Tu avais dû lui ordonner le silence. Mais je l'avais tant supplié qu'il avait accepté à contrecœur de m'informer : tu avais tenté de te suicider au poison la nuit du 12 au 13 avril avec la dose que t'avait remise ton chirurgien, Yvan ! Les mots me manquent pour décrire mon désespoir. Il m'annonçait que tu avais mélangé avec un peu d'eau le contenu du sachet d'opium, et que tu l'avais avalé avec la volonté d'en finir avec la vie.

Mon Achille, le monde entier a de toi l'image du guerrier flamboyant, mais moi, je connais tes vieilles fureurs destructrices, la mort ne t'intimide guère, tu l'as maintes fois côtoyée sur les champs de bataille. Ta propre vie ne compte pas, elle passe après ta volonté de sauver la France. Plutôt que d'être exilé à l'île d'Elbe, tu as voulu mourir. C'était sans compter avec ta forte constitution. Après tant de torture, mon Achille, Dieu merci, tu as rejeté le poison. Tu vois, la mort ne veut pas de toi, la mort ne te va pas, tu es né pour te battre, pas pour te détruire.

Je regagnai donc la Malmaison dans l'état que tu peux imaginer, après un voyage de trois jours qui me sembla une éternité. Le château n'avait pas été visité. Maigre consolation, les objets choisis dans le garde-meuble royal avec toi, les tableaux du musée Napoléon, les pastels des enfants commandés à Boze étaient toujours là, comme s'ils nous attendaient. Impuissants à m'apporter le moindre réconfort.

Dans mon isolement et l'incertitude où j'étais tenue, je me faisais un sang d'encre pour toi. Mon Dieu ! J'avais envie de te serrer dans mes bras et de te donner ce qui me restait de forces, mais je n'étais plus ta femme, je ne pouvais plus t'approcher. Comment pouvais-je être loin de toi si tu souffrais ? Qui t'administrait des soins ? Qui t'avait retiré ta *force d'âme* ? L'Empire qui sombrait ou Marie-Louise qui hésitait à te rejoindre ?

Je hurlais ton nom, seule dans ma chambre. J'étouffais, à peine retrouvais-je mon souffle que mes larmes jaillissaient de nouveau. Il fallut m'aliter, ce dernier coup du sort, ce suicide manqué, m'acheva. Je serais venue à Elbe, Bonaparte, je serais venue avec toi, m'entends-tu ? J'aurais suivi Bertrand, Drouot, Cambronne et les six cents hommes. Me crois-tu ? Je te le jure. J'aurais bravé la route, la mer, le froid, mais je t'aurais suivi. Ma place était près de toi. Une petite part d'héroïsme doit m'être accordée à moi aussi. Je n'ai plus peur de rien, mis à part ta disparition et celle de mes enfants. Nous sommes des survivants, toi pour ta patrie, moi pour mes amours.

Ta France, ta chère France était en péril. Les murs résonnaient de l'inexorable marche des alliés et, parmi eux, ceux dont je faisais autrefois partie et qui avaient échappé à la guillotine. La famille impériale était la cible. Tes défaites militaires et politiques, ta déchéance votée par le Sénat le 3 avril affaiblissaient l'Empire.

La Chambre des députés avait déclaré le 19 mars que la guerre contre toi était nationale. Louis XVIII s'était adressé à l'armée pour lui demander de rester fidèle tout en promettant pardon et oubli aux enfants égarés.

Ton abdication et tes adieux de Fontainebleau me déchirèrent le cœur et je ne savais encore rien de ton désir d'en finir avec la vie, la veille au soir.

Depuis des jours, ton sort alimentait toutes les conversations, mais les nouvelles qui parvenaient jusqu'à moi étaient bien approximatives. Le 28 avril à bord d'une frégate anglaise depuis Saint-Raphaël tu partais vers l'île d'Elbe, accompagné des commissaires alliés et de ta petite suite.

Je tremblais pour toi, reclus dans cette île minuscule, perdu entre la Corse et l'Italie, toi qui régnais sur l'Europe entière. J'oubliais nos querelles, et ma souffrance retrouvait une normalité qui me soulageait. J'étais juste une femme qui t'aimait, mais plus celle que tu avais humiliée.

Je t'aurais consolé si j'avais pu être à tes côtés le jour de ton abdication. Tu aurais passé la nuit dans les bras de ta Joséphine et mon amour aurait apaisé ta peine. Nos nuits étaient comparables à celles des dieux, je savais comment faire pour que tu oublies tes tourments.

Marie-Louise en fut-elle capable ? J'en doute. Elle est

trop jeune, elle t'a connu auréolé de gloire, elle a épousé l'empereur, alors que j'ai épousé l'homme.

Que faire sinon prier Dieu dont tu admettais juste *l'utilité à la société*. L'as-tu appelé à l'aide quand ton étoile s'est assombrie ? Bonaparte, le commun des mortels, ceux qui croient en Dieu sont moins malheureux que toi. Dans l'épreuve nos inquiétudes ressemblent à celles des autres hommes. Je prierai pour toi, si tu n'y parviens pas.

Il faut que je te parle de la lettre que j'ai envoyée à mon fils. Je l'aime et on me fera un mauvais procès d'avoir conseillé à Eugène de ne pas périr avec toi. À quoi cela aurait-il servi ? Le cœur d'une amante ne peut-il cohabiter avec celui d'une mère ? Dans la lettre du 9 avril 1814 adressée à Eugène, je lui dis combien j'avais souffert de la manière dont on t'avait traité. Que d'injures dans les journaux, que d'ingratitude de la part de ceux que tu avais le plus comblés ! Mais il n'y avait plus rien à espérer, tout était fini, tu avais abdiqué ! C'était impensable, mais vrai. J'étais obligée de lui écrire ces mots terribles, je t'avais perdu et je ne voulais pas le perdre, comprends et pardonne, si tu en es blessé, la peur d'une mère.

Notre petit Eugène t'a loyalement servi, n'a-t-il pas risqué sa vie maintes fois pour toi ? Si l'Empire n'a plus d'avenir, pourquoi le sacrifier ? Notre famille a suffisamment souffert des révolutions et des guerres. Eugène, à peine sorti de l'enfance, te suivait sur les champs de bataille. L'honneur de se battre à tes côtés justifiait le risque. Il accourait malgré ma peur, jamais zèle n'aura mieux servi un homme. La France avait besoin de tous ses enfants, plus maintenant.

J'ai sacrifié mon mariage pour l'Empire, pas mon fils. Dieu merci, ta lettre abondait dans mon sens : *Ils ont tous trahi, oui, tous ; j'excepte de ce nombre ce bon Eugène, si digne de vous et de moi. Puisse-t-il être heureux sous un roi fait pour apprécier les sentiments de la nature et de l'honneur !*

Vous et moi, disais-tu, Eugène demeurait *notre* fils. Nos pensées se rejoignaient. Parce que tu l'aimais comme un père, tu ne pouvais envisager de le sacrifier.

Mon Achille, une quinte de toux secoue ma poitrine de façon si puissante que Mlle Avrillion l'entend et surgit dans ma chambre, inquiète. Elle prétend que ma santé a basculé depuis mon retour de Navarre.

– Vous vous épuisez à écrire…

Je me dépêche de finir, Bonaparte, j'écris pour me montrer à toi tout entière, et pour te redire que *tes peines sont les miennes, elles iront toujours à mon cœur.*

Mademoiselle me propose d'allumer un feu de cheminée. Je suis devenue aussi frileuse que toi. Tu te souviens quand tu boudais ma chambre la nuit si elle était mal chauffée ?

– *J'allume un feu dans votre cabinet de toilette… ? Comme pour l'empereur…*

Tu n'avais pas froid à cheval dans les steppes enneigées, mais à la maison tu passais des heures dans un bain chaud et tu dormais avec un bonnet.

– *Vous souvenez-vous, mademoiselle (« mademoiselle », c'est un peu formel, mais son prénom, Marie-Jeanne-Pierrette, est si long qu'il m'arrive de l'énoncer dans le désordre), vous souvenez-vous quand nous sommes entrées dans les appartements de l'empereur et que nous l'avons vu en tenue de nuit, son bonnet sur la tête, alors qu'à ses côtés son valet de chambre Constant portait fièrement son chapeau de général pour le ramollir ?*

Si tu voyais Mlle Avrillion à cet instant ! La main devant sa bouche, elle fait une petite grimace et nous partons toutes deux d'un bel éclat de rire.

Puis nous nous regardons, honteuses de nous être amusées à ton détriment, comme deux collégiennes prises en flagrant délit d'indiscipline.

Mademoiselle a pour moi tous les égards. Elle glisse un châle indien sur mes épaules avec une tendresse semblable à celle que l'on déploie auprès des vieilles personnes. Je le noue sur ma poitrine. La sensation assez douce que j'arrive au terme de ma vie, et donc de mes souffrances, me submerge. Je vais m'éteindre, pas de bronchite, mais de peur, d'émotion, de tristesses cumulées. Cela peut se produire dans une heure ou dans dix jours, dans mon lit, assise dans mon fauteuil, près de la cheminée ou sur ma chaise longue à l'ombre du saule. Trop de sombres pensées m'entraînent vers le néant, avec une force contre laquelle je ne peux lutter.

Mademoiselle ouvre les rideaux. Avec le printemps, l'herbe a retrouvé ses couleurs.

Les braises de la cheminée me réchauffent à peine plus que ma nouvelle chambre aménagée par Berthault, salle du Trône pour certains, tente de sultane pour d'autres. Mon lit à baldaquin ressemble à la couche d'une reine, les pans de rideaux en soie rouge et or me protègent de l'air qui filtre par les interstices des fenêtres.

Derrière les carreaux passe une biche égarée, elle hésite avant de s'enfoncer dans la forêt. Je ne peux pas jouir de cette beauté sans toi à qui je la dois.

Que vois-tu de ta chambre à Elbe ? Ta chambre regarde-t-elle ton île natale ? Je suis sûre que tes pensées sont déjà occupées à organiser cette île, à te faire aimer de ce peuple d'insulaires dont tu te sens si proche, même si tu ne peux que songer à revenir, à revoir tes *braves*.

Il faut que je me lève. Encore un pas, dans ce monde qui a perdu de son intérêt. Sommes-nous si malheureux parce que nous étions montés trop haut ? Les gestes simples de la vie me sont devenus plus épuisants qu'une montagne à gravir, la santé me fait défaut loin de toi. J'en appelle à la dignité plus qu'au désir, pour continuer à m'habiller, à me parer, à recevoir.

Bonaparte, lorsque j'aurai fini de t'écrire, je pourrai mourir apaisée de t'avoir parlé. La suite des événements ne me blesse qu'à travers toi.

Mes souffrances touchent à leur fin.

Comme chaque matin, à peine éveillée, ma première pensée est pour toi, débarrassée de la douleur qui me vrille la poitrine depuis ma répudiation. *Répudiation.* Voilà, je suis parvenue à écrire le mot sans pincement de cœur. Fallait-il que l'Empire s'effondre, que tu abdiques, que le traité de Fontainebleau soit signé, que la page de l'Empire soit tournée, que le déluge nous ait tous emportés pour que je sois vengée ? Non, mon soulagement n'a à voir qu'avec ma propre fin. Une autre que moi aurait peut-être trouvé justice des déboires de l'Empire, je n'y vois que de la tristesse. Mon apaisement ne prend pas sa source dans ton malheur. La fatigue de mon corps a fini par affaiblir mon esprit trop entraîné à me faire du mal. Mon corps et mon esprit ont cessé de combattre, ils ont rendu les armes à Navarre.

C'est là, entre les murs humides du château de mon

exil, que j'ai été prise de fièvre et d'épuisement, c'est là me semble-t-il que j'ai renoncé à plaindre mon désespoir. Le tien avait pris la place du mien.

Ne pleure pas ma mort, ma mort remonte à cinq ans déjà. Mon passé ressemble au malheur d'une autre, à la vie d'une autre. La mienne s'est terminée le 15 décembre 1809, le jour de la dissolution prononcée dans ton grand cabinet en présence de la famille impériale.

J'ai cessé de me battre contre les événements dont je ne suis pas responsable, résolue à les accepter, à pardonner le mal qui m'a été fait. N'ai-je pas déjà excusé mes bourreaux ? Pourquoi notre séparation serait-elle un événement moins grave que ma mort ? Un amour perdu plus grave que l'aboutissement de sa propre vie ? La fin d'un amour, c'est être condamné à vivre une vie de souffrance, alors que le trépas m'en débarrassera.

Il a fallu du temps, un temps long, cinq années plus chargées qu'un demi-siècle.

Un temps ennemi, sans espoir de retour permis.

Un temps plus cruel que celui qui me séparait de mon exécution, lorsque mon nom fut prononcé par le Tribunal révolutionnaire.

Un temps infamant, vide d'espoir, un temps de retraite, rendu violent par sa soudaineté, par les changements de rythme, d'attitude et de considération envers moi.

Comment se reconnaître dans une vie si nouvelle ?

J'ai été ivre de tristesse. La volonté a peu de pouvoir tant que le chagrin barre la route. La force d'âme m'est venue avec le temps. Vois-tu, j'ai fini par y parvenir. Ce matin, il me semble malgré ma santé chancelante avoir plus ou moins dompté le malheur.

J'ai changé de camp, je ne suis plus l'impératrice, la femme de l'empereur, je suis Joséphine.

Il est bon d'imaginer qu'il y a des dieux au-dessus de moi qui décident de mon destin. De m'en remettre à eux, comme je m'en suis remise à toi. Tu as placé ta gloire au-dessus de nous, nous appartenons à l'Histoire. Quel autre choix avons-nous aujourd'hui que nous laisser entraîner par elle ?

À mesure que le soleil se lève, un peu de lumière éclaire mon esprit. Je deviens celle que j'aurais dû être depuis le début… Je suis sereine, détachée enfin des hommes, des chagrins qu'ils m'ont procurés, des joies, indépendante, libérée de toute tutelle.

Je viens de recevoir des nouvelles d'Eugène. Il est à Milan, en bonne santé, où il travaille à former ses troupes pour repousser les Autrichiens dans le nord de l'Italie.

Hortense est venue du château de Saint-Leu avec ses deux fils, que j'initie au jardinage en leur ayant procuré un petit râteau et une pelle.

Les compliments que me vaut mon jardin me vont droit au cœur, alors que les flatteries des courtisans me lassent. Mon jardin est plus visité que mon salon, pourtant on y donne des pièces de théâtre. François-Joseph Talma y a joué en personne. Je continue à acquérir des œuvres d'art, à organiser des concerts, et les plus grands musiciens sont conviés. Nous sommes loin de l'ennui dévorant des Tuileries.

Les hommages des autorités me sont encore rendus mais de façon moins protocolaire. Je voyage sous le nom de ma dame d'honneur, Mme d'Arberg. Les acclamations sur la route entre la Malmaison et Navarre, les bouquets de fleurs des enfants, la foule de gens qui se précipitent me rendent plutôt triste, ce temps est révolu. Je préfère m'épargner les représentations. Cette étiquette est bonne pour les princesses nées sur le trône, et habituées à la gêne qu'elle impose. J'ai maintenant le bonheur de vivre en tant que simple particulière. Les railleries de M. de Talleyrand concernant les Bonaparte qui *s'abusaient assez pour croire qu'imiter puérilement les rois dont ils prenaient les trônes était une manière de leur succéder* ne me concernent plus. Ta famille se servait de l'Empire, alors que nous l'avons servi jusqu'au sacrifice…

Le tsar Alexandre est venu dîner. Nous avons bu du chambertin. J'avais envie de ton vin, je l'ai coupé d'un peu d'eau, comme toi, et malgré cela la tête me tournait quand j'ai été me coucher. Je n'ai entendu ni Hortense ni le chien gratter à ma porte…

Parfois je me demandais si ce n'était pas moi mais Hortense que le tsar courtisait, à moins qu'il ne nous aime l'une et l'autre ? La mère et la fille… Tu n'es plus jaloux, mon Achille ?

Au début, le tsar fut attiré par ce qu'il appelle mon *élégance*, et par ma façon de recevoir. Il bravait les interdits. Après tout, j'étais considérée comme l'ex-épouse de l'Usurpateur, Hortense comme une ex-reine ! Seul Eugène, vice-roi d'Italie, était supposé être toujours en exercice.

Je n'étais pas la seule à le recevoir. Ta propre épouse Marie-Louise a reçu le tsar et le roi de Prusse. Était-elle manipulée par son père qui voulait montrer à l'opinion publique que l'impératrice se détachait de sa patrie d'adoption et renonçait à suivre son mari ? Aucune intrigue ne m'anime, aucun esprit de revanche, ni petite fierté de recevoir une tête couronnée. Alexandre et moi partageons des passions qui ne te nuisent point. Je dois te dire que devant moi, il ne se permet aucune remarque désobligeante à ton égard.

Ce soir-là, le tsar s'intéressa à ma collection de tableaux. Comme à chaque visite, il ne manqua pas de faire un tour complet de la galerie, en examinant minutieusement chaque toile. Il n'en avait pas de si belles dans son palais de Saint-Pétersbourg. À quoi pensait-il ? À les négocier après ma mort pour orner les murs d'un de ses musées ? Son intérêt me flattait et m'inquiétait à la fois.

Quand il revint au salon, très vite son regard se porta sur Hortense. Elle et moi, nous aimons la compagnie de ce gentilhomme qui nous le rend bien.

Me feras-tu le reproche de le fréquenter ? Tu as pardonné à ta famille, à tes ministres leurs traîtrises, celle-ci n'en est pas une. Tu m'as appris à tourner la page, une fois le conflit achevé. Cette amitié ne te nuit pas. Alexandre n'est plus un ennemi. D'ailleurs ni Louis XVIII ni les Bourbons ne lui font bon visage. Il n'aime pas leur compagnie, il préfère la nôtre. Comme toi, il considère ma maison « la *meilleure de Paris* ». M. de Chateaubriand peut bien fulminer, qu'il se mêle de ses affaires. Notre entente n'est point désobligeante et n'a rien à voir avec l'intérêt d'une ancienne société qui revient aux affaires.

Mon Achille, pardonne-moi, mais depuis quelque temps, je me suis laissée aller à m'interroger sur les dégâts de tes campagnes, et le prix de ton ambition. J'ai repensé à cette lettre dans laquelle pour la première fois tu évoquais le nombre de soldats tués : vingt mille ! J'imaginais vingt mille corps étendus et je pleurais de désespoir. Comment mon mari pouvait-il être responsable de vingt mille morts ? Vingt mille jeunes garçons et mon cœur de mère se révolte. Je n'ai jamais osé te demander des explications.

Impossible aussi de demander au tsar si Napoléon Bonaparte, mon mari, avait sacrifié des soldats pour assouvir sa gloire avant celle de l'État.

Tandis que je l'écoutais, puisqu'il m'estime suffisamment pour parler politique avec moi, ces questions hantaient mon esprit et mes craintes oscillaient... Elles auraient pu m'aider à me détacher de toi mais je ne choisis point ce chemin-là. Je continuais à te chercher des excuses en me disant que, si affreux que cela soit, aucun chef de guerre n'est parvenu à combattre sans tuer.

Le tsar Alexandre, sans médire, m'exposa la situation. Il me parla comme on parle à Mme de Staël, une des femmes les plus brillantes de notre époque que tu haïssais pour cette raison-là.

Tu m'envoyais des lettres d'amour alors que tu vivais entouré d'hommes au nez et aux pieds gelés avec de si rares allusions à la situation. Car j'étais ta femme, ta maîtresse, le repos du guerrier, pas ton conseil. Je devais rester en dehors des affaires. D'ailleurs tu avais exilé la pauvre Germaine.

Germaine comptait parmi les prestigieuses visites que je reçus à la Malmaison. Elle était obsédée par toi, tu le sais bien. Par chance, elle n'était pas à ton goût, sinon tu en aurais oublié son côté bas-bleu... Imagine-toi qu'elle trouva le moyen, à peine arrivée, de me demander *si j'aimais toujours Napoléon*. Comme je demeurais silencieuse, elle m'examina et répondit à ma place : *À vous regarder, la réponse à ma question est oui.*

Vois-tu, cela se lit sur mon visage... Je ne m'entretiens avec personne de ce sujet, mis à part mes enfants. Surtout pas avec elle, même si elle a traversé avec Benjamin Constant bien des difficultés. J'aurais pu m'épancher, elle était bonne confidente pour Mme Récamier, mais l'amie de cette femme ne pouvait être la mienne. Encore aujourd'hui tu aurais pu en être courroucé.

Le tsar me fit donc le grand honneur de me parler, non pas des sentiments qui me liaient à toi, non, nos relations ne sont pas de cette nature et n'ont jamais débordé sur des sujets intimes, mais de politique. Rien de privé. Cela me flatte qu'il me considère en tant que Joséphine, pas en tant qu'ex-épouse de l'empereur.

J'aurais dû participer un peu plus à la vie politique, mais tu ne le souhaitais guère. Faut-il que tu sois en bien grande difficulté aujourd'hui pour mêler ta femme à la politique de l'Europe ? Pour t'en servir d'intermédiaire auprès de François Ier ? Pourtant mes intuitions auraient pu t'éviter de commettre des erreurs, mais quel poids ont les intuitions féminines comparées aux plans et raisonnements des généraux ? Talleyrand et Fouché n'évoquaient devant moi, pas plus que toi, leur entreprise. Si j'entrais dans ta bibliothèque et que vous y étiez réunis, le silence se faisait aussitôt. Alors, je comprenais et je m'en allais.

Tu avais droit à toutes les vies, pas moi. Tu revenais des lieux les plus retirés, tu avais connu les conditions les plus difficiles et tu pouvais t'intéresser à la couleur de mon châle, aux relations d'Hortense avec son mari, tu prenais les commandes de la Malmaison, tu étais né pour diriger, tu vérifiais jusqu'aux déguisements des enfants et tu trouvais encore le moyen de modifier nos choix : *Point d'habit de militaire, on ne s'amuse pas avec ces choses-là !*

Je me cantonnais donc dans mon rôle. Même si tu t'arrogeais le droit d'envahir le mien, je ne pénétrais pas dans ton univers.

Tu étais tombé amoureux d'une femme, d'une créole que l'on disait superficielle, docile, bien élevée, sachant recevoir et tenir une maison. Mon rôle était défini, aucune marge de manœuvre ne m'était permise. Peut-être y ai-je adhéré un temps parce qu'on m'avait cantonnée à ce rôle, rangée comme une chose dans un tiroir.

Parfois la culpabilité m'envahissait, me révoltait : comment pouvais-je m'occuper d'étoffes, de collections quand tu risquais ta vie et celle de tes hommes ? Mais tu m'aimais ainsi. Femme d'intérieur, raffinée, légère en apparence.

Le tsar me confia qu'au début, il avait hésité à entretenir une relation d'amitié avec moi parce que j'avais été ta femme. La femme d'un tyran, d'un assassin ? Était-ce pour cela qu'il venait rendre hommage à la femme du vaincu ?

Il sourit. Il a de si bonnes manières qu'il ne dira jamais de telles choses. Il m'avoua simplement avoir été furieux de l'effet du *blocus*. J'avais entendu le mot alors que tu t'entretenais avec tes généraux. J'étais sortie sur la pointe des pieds pour ne pas vous déranger.

– À cause du blocus, je ne pus annexer la Pologne…

– N'était-ce pas judicieux de la part de l'empereur ?

– Il mit la main sur le duché d'Oldenbourg, alors nous avons armé et il en a fait autant.

– Vous étiez pourtant amis.

– *Napoléon est un chef de guerre, il ne perd pas de temps avec les états d'âme, il tranche… la raison d'État doit l'emporter sur les sentiments…*

Alexandre me regarda, comme s'il voulait dire : « Vous en savez quelque chose. » Mais il ne se l'autorisa pas. Il n'osa pas même me demander si tu voyais d'un bon œil ses fréquentes visites à la Malmaison.

J'aurais été embarrassée de lui répondre. Tu n'étais plus impliqué dans ma vie. J'étais devenue Joséphine, une femme libre et divorcée, libre de recevoir celui que tu appelais *le Grec du Bas-Empire…*

Tu étais malheureusement vaincu, la monarchie était rétablie, *l'eau avait coulé sous les ponts…*

Tu avais d'autres soucis, d'autres ennemis, certains de l'intérieur, malgré ta générosité et la confiance que tu avais mise en eux. La renonciation de Louis au trône de Hollande, l'incompétence de Joseph, incapable de s'imposer aux Espagnols, l'ambition de Murat à Naples, allant jusqu'à conclure un accord secret avec Vienne et te trahir, la folle prodigalité de Jérôme et de Pauline qui dilapidaient l'argent et faisaient scandale… J'étais révoltée et bien impuissante. Combien de fois me suis-je offusquée de tes largesses envers les membres de ta famille qui ne semblaient guère les mériter…

Le valet nous servait la tisane quand le tsar se permit de dire :

– *L'Empire ressemblait à un château de cartes…*

Notre conversation prenait une mauvaise tournure. J'avais fait un grand effort pour me vêtir et honorer ce dîner, mais le retour de Navarre, la lettre m'annonçant ta tentative de suicide m'avaient ôté mes dernières forces. Ma gorge me torturait. Mon angoisse se mariait mal avec la politesse de façade. Et ce conflit finissait par peser sur mon équilibre nerveux. Je montai me coucher au bras de Mlle Avrillion qui attendait derrière la porte, abandonnant le tsar à Hortense.

Il me semblait avoir « *subi tout mon malheur* ».

Cette nuit-là, après mon dîner avec le tsar, j'ai rêvé que j'étais morte et que tu revenais à la Malmaison.

Tu arrivais, le dos courbé sur un cheval gris pommelé, tu portais un costume de général.

Il avait neigé pendant la nuit, l'herbe était couverte d'une fine pellicule de glace qui la rendait scintillante.

Le cheval avançait au pas, la bride détendue tombait sur son encolure. Tout était calme et silencieux.

La Malmaison apparaissait au loin au bout d'un large sentier ponctué de peupliers.

Tu admirais ce lieu plein de nos sentiments. Autrefois, tu disais : *Jamais femme ne fut aimée avec plus de dévouement, de feu et de tendresse.* Tu disais : *Je meurs d'envie de voir comment tu portes les enfants, cela doit te donner un petit air majestueux et respectueux.* Tu disais : *Mon cœur ne sentit jamais rien de médiocre... Il s'était défendu de l'amour; tu lui as inspiré une passion sans bornes... une ivresse qui le dégrade.* Tu disais : *Ta pensée était dans mon âme avant celle de la nature entière; ton caprice était pour moi une loi sacrée.* Tu disais : *Cruelle ! Pourquoi m'avoir fait espérer un sentiment que tu n'éprouvais pas !* Tu disais…

Tu appréhendais pourtant de me voir, la peur que je sois faible retenait tes pas. Ma tristesse risquait de t'envahir. Triste ? Oui, triste… Toi-même m'avouais : *Je le suis un peu et cela me fait un mal affreux.*

Tu espérais que malgré ma bronchite je trouverais l'énergie nécessaire pour te réconforter. Tu en avais besoin, ton empire vacillait.

Marie-Louise ne te rassure pas ? Marie-Louise est partie rejoindre son père et son pays ? Tu approchais. Eugène était là. Il t'ouvrait la porte. Vous vous faisiez face quelques instants. Eugène, qui ne s'attendait pas à te voir de sitôt, reculait pour te laisser entrer. Il t'aime, son hésitation n'était pas le fait d'un ressentiment, mais de son embarras.

Comment t'annoncer que je n'étais plus ? Que j'étais morte après avoir dîné avec Hortense et le tsar ?

Tu me savais malade, mais tu ne t'attendais pas au pire. Le pire était survenu dans la nuit, une nuit de fête chrétienne, une nuit de Pâques ou de Pentecôte, officiellement j'étais morte d'un catarrhe. La vérité était autre. Personne ne s'en doutait, j'avais continué mes habitudes, sans me laisser aller au chagrin en public.

C'est pourtant le chagrin qui avait fini par m'emporter. Mon corps fatigué n'avait pas résisté aux incessantes accélérations de mon cœur, il s'emballait comme s'il voulait fuir l'enveloppe charnelle qui le retenait.

La souffrance que je m'infligeais depuis ma répudiation, cette douleur aiguë, installée au fond de mes entrailles, prête à jaillir à la moindre allusion, au moindre souvenir, franchissait malgré moi la barrière interdite.

Il n'était pas nécessaire qu'un événement extérieur sollicite ma douleur, elle surgissait comme un monstre, s'agrippait à ma gorge, m'étouffait. Il m'arrivait de crier la nuit, de me réveiller, mon linge trempé par la chaleur, puis de trembler de froid et de peur quelques secondes après.

Dans mes rêves les infortunes se confondent, je passe de ma mort à ma répudiation. Ma répudiation fut bien pire. Apparaît madame mère, voûtée comme un aigle sous sa pelisse de martre, escortée par sa dame d'honneur et précédée par deux de ses fils, Louis, ex-roi de Hollande, et Jérôme, roi de Westphalie. Je revois le sourire réjoui de Pauline et Caroline, tes sœurs, accompagnées de leurs époux, le prince Camille Borghèse, duc de Guastalla, et le maréchal Joachim Murat, roi de Naples, réunion de rapaces enfin rassasiés.

Seuls mes enfants m'apportent un peu de compassion, mais je n'ose croiser leur regard tant j'ai honte de leur infliger une cérémonie si dégradante. Malgré l'humiliation, leur présence m'aide à me tenir droite.

Le silence s'abat sur l'assemblée quand toi et moi, côte à côte officiellement, pour la dernière fois, avançons jusqu'à nos trônes respectifs.

La sentence est prononcée de ta bouche. Toi, mon mari, le visage blême, la voix étranglée, déclares combien une pareille résolution coûte à ton cœur.

– *Mais il n'est aucun sacrifice qui soit au-dessus de mon courage,* dis-tu, *lorsqu'il m'est démontré qu'il est utile au bien de la France.*

Chaque mot demeure gravé dans mon esprit. Puis tu dis :

– *J'ai besoin d'ajouter que loin d'avoir jamais eu à me plaindre, je n'ai au contraire qu'à me louer de l'attachement et de la tendresse de ma bien-aimée épouse. Elle a embelli quinze ans de ma vie. Le souvenir en restera toujours gravé dans mon cœur. Elle a été couronnée de ma main : le rang et le titre d'impératrice couronnée demeureront, mais surtout qu'elle ne doute jamais de mes sentiments et qu'elle me tienne pour toujours pour son meilleur et plus cher ami.*

J'ai chaud, je tourne dans mon lit, je me mouche, je suis en larmes, je croise le regard de madame mère. Je suis paralysée, mais c'est mon tour, je dois parler :

– *Je dois déclarer que ne conservant aucun espoir d'avoir des enfants…* Je m'effondre, je ne peux lire mon discours. Pauline rit, elle me surnomme *la Vieille*, elle portait ma traîne quand elle a marché sur ma cape pour m'entraîner à terre. À terre ? Comment pouvais-je tomber plus bas ? Sur quel piédestal me situait-elle pour me manifester tant d'agressivité ?

Oui, je suis vieille, trop vieille pour donner un héritier au trône, je le sais et je dois me flageller en public puisqu'ils le veulent ainsi.

Regnault de Saint-Jean d'Angély debout, au pied de l'estrade, poursuit la lecture à ma place :

– *Je dois déclarer que ne conservant aucun espoir d'avoir des enfants qui puissent satisfaire les besoins de sa politique et l'intérêt de la France, je me plais à lui donner la plus grande preuve d'attachement et de dévouement qui n'ait jamais été donnée sur cette terre…*

Eugène chancelle, Hortense sanglote. Les Beauharnais pleurent, les Bonaparte se réjouissent.

Ils ne nous ont jamais aimés, et toi, tu nous abandonnes. Nous n'aurons plus de père, de mari, de protecteur, nous sommes livrés à la vindicte, moi l'infâme pécheresse et mes enfants.

Mon dos semble avoir reçu mille coups de bâton et dans mon lit je retrouve cette douleur. Mon esprit est aussi endolori que mon corps. Une collision a eu lieu, je suis choquée comme après un accident. Un autre destin que le mien a croisé mon chemin. Choquée à chaque fois que cette scène me revient en mémoire. Et la même intensité dramatique m'anéantit. Mon cœur s'emballe, je suis debout sur l'estrade, puis assise, livrée à mes bourreaux.

Ils ont gagné, vois-tu. Je dois continuer à vivre en ayant été humiliée. Je tourne dans une boucle perpétuelle et infinie, la même scène me poursuit éveillée ou endormie. Pas de répit.

Il aurait fallu pour me débarrasser de cette diablerie un appétit de vie que je n'ai plus. J'ai dépassé la cinquantaine, j'ai été répudiée, mise à l'écart, anéantie.

Après la cérémonie, nous nous séparâmes. Je regagnai mes appartements pour une dernière nuit au palais des Tuileries, et toi tu te dirigeas vers ton bureau.

Comment survivre ? Tu invoquais la *force d'âme*, tes batailles devaient t'aider, la mienne n'en était pas vraiment une. Comment comparer une bataille et une exécution ? Les guillotinés ne survivent pas à leur peine, je devais survivre à la mienne.

Le sentiment d'être trahie par celui qui était mon protecteur est une tragédie. Un effroi bien pire que le grincement de la guillotine. La douleur se balade en moi, dans la poitrine, dans le cœur, dans la tête, dans les veines de mes bras, un rien la déclenche et quand elle s'apaise c'est pour prendre son élan et mieux resurgir.

Avant l'arrivée du tsar, les médecins diagnostiquèrent une bronchite. La douleur devait se trouver du côté de ma poitrine. Quand elle se situait du côté du ventre je vomissais, quand elle se déplaçait vers le cœur je m'essoufflais, dans les poumons je toussais.

La souffrance physique me distrayait de la douleur morale, je subissais sans me plaindre d'inutiles saignées, en cela le traitement me convenait. Les ventouses à peine retirées, je descendais dîner, malgré l'insistance des médecins à me garder au lit.

Me suis-je trop fatiguée à parler avec Alexandre, est-ce la raison de ce rêve étrange ?

Dans mon rêve, tu as les cheveux longs, ton air de jeune homme famélique, l'accent étranger.

Mon fils se borne à te décrire mes soins en se gardant bien d'évoquer mon chagrin. Tu n'aimes pas que l'on réveille ta culpabilité.

Tu as été un beau-père modèle, inutile de revenir sur les conséquences d'une décision qui t'a tant coûté, même si dans le cœur de mon fils demeure bien plus qu'une amertume.

Eugène ne trouve pas les mots pour t'annoncer ma mort. Comment dire ? « Maman est morte ? », « Joséphine est morte ? », « L'impératrice n'est plus ? » Il choisit la formule la plus intime, l'enrobe d'une diction empruntée pour ne pas céder à l'émotion :

– *Maman est morte avec le courage, le calme et la résignation d'un ange.*

Mon enfant me compare à *un ange* et, dans mon sommeil, ce mot m'arrache des larmes.

Il ne peut s'empêcher d'ajouter parce qu'il ne sait pas mentir :

– *Jusqu'à son dernier souffle, elle pensait à vous.*

Tu vacilles, tu reviens de l'île d'Elbe, trop d'événements t'ont affaibli, la vie a pris une autre tournure depuis notre divorce. On prétend qu'avec moi la chance t'a quitté.

Cette pensée t'effleure, toi le Corse, le superstitieux.

À toi aussi, une bohémienne avait bien prédit un destin de roi. Mais que se passait-il si tu perdais ta reine ?

Joséphine, morte ? Morte alors que tu venais pour te promener avec elle, pour lui demander conseil ?

Le vide te happe, tu avais résisté au désespoir après la répudiation, parce que malgré tout j'étais là, à quelques kilomètres de toi. Tu pouvais me rendre visite à la Malmaison, à Navarre où tu m'avais expédiée pendant les couches de Marie-Louise.

Je t'attendais.

Je n'étais pas loin, le mal était supportable, le grand ordonnateur gardait le contrôle des événements.

Mais Dieu était plus fort que toi. Dieu me ravissait,

un jour commémorant la venue du Saint-Esprit, un jour de mai, de cette même année 1814, je quittais notre Malmaison et tous ses souvenirs pour toujours. Et cela me plaisait bien de mourir le jour d'une fête chrétienne, j'étais protégée et cette fois par plus fort qu'un dieu terrestre.

Ni tes lettres, ni tes ordres, ni ta volonté ne pourraient me ramener à la vie.

Ma vie ? Tu avais soufflé dessus comme sur une bougie, le 15 décembre 1809. Tu n'avais pas imaginé les conséquences, trop obnubilé par la France.

Parce que je me plaignais peu, je semblais résister, je finissais par jouer la comédie même avec Mlle Avrillion, puisque tout t'était répété. Tu n'imaginais pas que tu pouvais m'interdire de pleurer à l'extérieur mais pas à l'intérieur, tu n'imaginais pas que ma répudiation précipiterait ma mort, que je ne vivrais pas longtemps après.

Tu me recommandais de ne pas me laisser emporter par la funeste *mélancolie*, de me *trouver contente*, de soigner ma santé qui t'était si précieuse. Et si je t'étais attachée, si je t'aimais encore, je devais : *me placer avec force et me comporter heureuse. Je ne puis être heureux si tu n'es pas heureuse, et content si tu ne te tranquillises.* Ce même message me parvenait souvent sous différentes tournures.

Mais comment m'obliger au bonheur ? Comment ordonner la gaieté ? Quelle bizarrerie, quand l'injonction émane de l'artisan du malheur ! J'aurais aimé t'obéir, mais mon esprit trop meurtri ne répondait pas.

– *Je n'ai délaissé ta mère que pour assurer le bonheur du peuple, elle le savait*, dis-tu.

– *Vous n'avez cessé de veiller sur elle avec des soins les plus empressés. Sa disparition n'a rien à voir avec votre séparation.*

Eugène trahit la vérité. Mais je l'ai supplié de t'annoncer ma mort avec le plus de ménagements possible.

Tu te rends dans nos anciens appartements. Il te semble que je vais surgir de derrière le paravent. Les bras derrière le dos, tu te diriges vers la bibliothèque et là, entre les fibres du tissu rayé, demeure l'empreinte de l'ancien maître des lieux.

Joséphine continuait-elle à parfumer ma bibliothèque comme si j'allais venir y déchiffrer quelques cartes ? penses-tu.

Pire, Joséphine époussetait elle-même chacun de tes objets.

Le dîner était servi à dix-huit heures, parfois tu pouvais sortir de ton bureau à vingt-trois heures et je demeurais cinq heures assise à t'attendre, docile comme tu aimais. Les valets remplaçaient tous les quarts d'heure les volailles et les boules d'eau bouillante pour conserver sa chaleur au repas. Tu n'attendais pas, lorsque tu t'installais à table le repas devait être servi à bonne température. Parfois vingt-cinq ou trente volailles se succédaient.

Tu dînais en dix minutes, déjeunais en huit.

Tu fermes les yeux et tu me vois avancer vers toi, je porte une tenue d'intérieur, une de ces robes en mousseline blanche typiques de l'élégance créole, cette mode que j'ai lancée en métropole. Pas de bijoux, juste un bandeau-diadème et des boutons de souliers. Je me lève, me jette dans tes bras, sans le moindre reproche… tu me demandes pardon.

La raison d'État a eu raison de nous. L'État méritait-il que tu lui sacrifies ta femme et ta vie privée ?

Le doute t'envahit.

Constant, ton valet, et Roustan, ton mamelouk, la nouvelle impératrice Marie-Louise, les membres de ta famille, tes beaux-frères, Murat, Fouché et Talleyrand tous t'ont trahi et c'est moi que tu as sacrifiée.

Moi à qui tu dois le commandement de l'armée d'Italie qui te couvrit de gloire.

Tu regrettes, tu as horreur de regretter, tu ne reviens jamais en arrière, tu avances, tu avances dans la neige, le froid, la guerre, comme dans les chemins de l'esprit. Tu chasses la mélancolie comme les Prussiens, les Anglais, les Autrichiens, les Russes.

Toujours la même méthode.

Tu reviens dans ma chambre, notre ancienne

chambre, tu caresses le dessus-de-lit. Comment peux-tu être vaincu, isolé, trahi, déchu, insulté, abandonné de tes proches alors qu'il y a six ans à peine tu collectionnais les victoires ? Oui, de mon temps, l'Empire se trouvait au sommet de son apogée, comment ce revirement de situation a-t-il été possible ? Quel cataclysme fut responsable de cette mauvaise fortune ?

J'ai toujours répondu à tes désirs, même si au début de notre mariage tu confondais ton tourment continu et infondé avec mon désamour. Tu as toujours pensé que je ne te donnais pas assez. Et si c'est toi qui demandais trop ?

Tu étais insatiable de mon amour. Tu étais un puits que rien ne comblait, et que personne ne pouvait satisfaire.

Tu serres contre ta poitrine mon ultime message : *J'y ai retrouvé mon cœur tout entier, et tel qu'il sera toujours : il y a des sentiments qui sont la vie même et qui ne peuvent finir avec elle.*

Tu trébuches sur le mot « finir », tu aurais dû t'inquiéter, le mot « finir » n'a jamais appartenu à mon vocabulaire. Cette lettre t'apparaît à présent comme un avertissement : mon existence pouvait donc s'achever.

Soudain, l'idée que je me serais suicidée t'effleure… Mais tu ne m'imagines pas exécutant des gestes pour mettre fin à mes jours. J'aurais alors été assassinée ? J'étais gênante, je coûtais cher en tant qu'ancienne impératrice, un complot aurait pu se former. Puis j'avais été la maîtresse de Barras, j'avais conseillé au tombeur de Robespierre de se rendre au Temple visiter l'enfant-roi dont les parents venaient d'être guillotinés. Mes enfants avaient failli connaître le même sort que le fils de Marie-Antoinette et de Louis XVI. C'est en mère que je réagissais, ma démarche n'avait rien de politique.

Je ne sais si Barras a sauvé Louis XVII. Il s'est borné à me donner des nouvelles de l'enfant terrifié dans sa cellule, il lui apportait le linge et les gâteaux que je lui avais achetés, aucune confidence ne m'a été faite à ce sujet et certainement pas celle de l'enlèvement ni du remplacement de l'enfant.

Mais, Louis XVIII s'inquiétait, il me soupçonnait d'être détentrice du secret, ma mort l'arrangerait-elle donc ? Dans mon rêve, je vois une main gantée verser quelques gouttes dans mon verre à eau avant que je ne m'installe à table. Je vois la main, pas la personne. Je porte le verre à mes lèvres, je crie quand je m'éveille, la tête me tourne, je me rendors, j'ai besoin de toi, tu vas me sauver, tu m'as toujours sauvée, en m'épousant, en me pardonnant, en me couronnant. Bonaparte, tu m'as abandonnée !

Tu regardes par la fenêtre, tu crois m'apercevoir au détour d'une allée, alors tu te précipites, mais je ne suis point là. Pourtant tu me sens à tes côtés, prête à m'accrocher à ton bras pour aller marcher dans les allées de notre maison. Tu aimais la rue Chantereine. Tu te sentais bien dans les lieux que j'habitais, que je décorais et, quand je n'y étais pas, quelque chose de moi demeurait, comme si je me cachais derrière chaque objet choisi par mes soins.

Mes meubles ont perdu de leur réconfort. L'âme des objets a disparu avec celle qui les a choisis et aimés. Mes objets ne te réchauffent plus. Mes objets se sont éteints avec moi.

Ma propre mère avait été victime d'une tentative de meurtre – on aurait mis des morceaux de verre dans ses aliments –, alors tu te demandes si j'ai eu des nausées, des refroidissements, caractéristiques de l'empoisonnement à l'arsenic. Comment est-ce possible ? Qui aurait voulu me tuer ? Moi qui ne répandais que douceur et bonté autour moi.

Tu te remémores les termes de ma lettre : *Il y a des sentiments qui sont la vie même et qui ne peuvent finir qu'avec elle*. Tu imagines que si j'ai écrit ces mots, c'est que je craignais d'être assassinée, tu connais les raisons pour lesquelles Louis XVIII avait intérêt à ma disparition.

Tout à coup la certitude d'un empoisonnement comme on savait les pratiquer dans les palais effleure ton esprit : on affaiblit la victime en lui insufflant l'arsenic de façon espacée ; lorsque son état général est bien altéré, le coup de grâce lui est administré. Le docteur Horeau s'en serait-il aperçu ? Tu veux lui parler, tu n'as jamais eu beaucoup d'estime pour lui, même s'il était l'élève du grand Corvisart, ton propre médecin. Horeau, en plus d'être médiocre, est-il corrompu ?

Celui que tu qualifiais de *charlatan* et que tu recevais en lui demandant : *Combien de personnes avez-vous tuées depuis hier ?* t'inspire moins confiance que jamais :

– *Vous n'avez pas quitté l'impératrice pendant toute sa maladie ?*

– *Non, Sire.*

– *Quelle a été selon vous la cause de cette maladie ?*

– *L'inquiétude… le chagrin…*

– *Vous croyez, cela venait d'où ce chagrin ?*

– *Sire, de la position de Sa Majesté. Lorsque vous étiez sur l'île d'Elbe, elle était si inquiète. Elle avait peur qu'il vous arrivât malheur, elle redoutait l'invasion brutale de tout un pays par vous seul. Elle avait peur pour ses enfants, aussi.*

Tu l'écoutes et soudain lui demandes :

– *Qui servait ses repas ?*

– *Il ne s'agit pas d'un assassinat, Sire.*

– *Alors pourquoi avez-vous prescrit de l'émétique, ce médicament vomitif à base de mercure, bien qu'il soit fortement déconseillé, comme le rappelait quatorze années déjà auparavant Étienne Louis Geoffroy ?*

Horeau bafouille. Tu reprends :

– *Vous vous demandez comment je sais ? Répondez-moi plutôt… L'impératrice avait mal à la gorge. L'arsenic fait mal à la gorge, pas l'angoisse… L'angoisse, vous la soigniez avec vos tisanes d'herbes de charlatan et de l'exercice… Êtes-vous stupide au point de ne vous être aperçu de rien ?*

Horeau se tait.

– *Je me chargerai de l'enquête et croyez bien que je saurai… Mais puisque vous êtes témoin de ses derniers instants, dites-moi au moins si elle est partie en paix. Si elle souffrait encore. À cause de notre séparation ? De ma situation ? Parlait-elle de moi ?*

Malgré tes accusations, assailli de tes questions, Horeau avance, pensant ainsi te tranquilliser :

– *Oui, Sire, elle a parlé de vous jusqu'au dernier moment.*

– *Elle m'aimait vraiment, elle, elle était une bonne femme, la meilleure des femmes, incomparable et douce Joséphine.*

Mon imagination n'est pas seule responsable, je sais que tu as prononcé ces phrases, Junot et Talleyrand me les ont répétées.

Tu regardes le parc, pour dissimuler tes larmes tu fixes ton attention sur les rosiers que ma mère nous avait envoyés de Martinique. Nos souvenirs sont partout, même dans le jardin : *Vos peines sont les miennes, elles iront toujours à mon cœur*, t'avais-je écrit à la suite de la désastreuse bataille des Nations à Leipzig. Si mes peines étaient les tiennes, tu devrais ressentir celle qui fut la mienne.

La raison d'État a échoué, l'excitation d'une nouvelle épouse, fût-elle archiduchesse, s'est évanouie, plus rien ne justifie ton choix.

Le médecin poursuit :

– *Sire, dans ses délires, elle voulait vous rejoindre.*

– *Me rejoindre ? Elle l'a déjà fait. Elle est venue sur les champs de bataille, elle a entendu le grondement des canons, des boulets ont roulé à ses pieds… elle a connu le sang des blessés. Elle n'a pas fui. Elle pouvait être brave, sa distance était une hauteur aristocratique, sa réserve une délicatesse. Les femmes qui s'occupent de politique sont des êtres dénaturés, des bêtes malfaisantes, comme l'hystérique de Coppet.*

Encore une allusion à la malheureuse Mme de Staël – tu n'aimais pas plus Mme Récamier malgré sa beauté. Les mauvaises langues prétendaient que c'est parce que tu avais essuyé un refus. Il est possible que l'amitié de Juliette pour Germaine, ainsi que son goût pour la littérature m'aient aidée dans une entreprise que j'aurais eu du mal à contrôler…

Tu pensais peut-être que je me désintéressais de la politique parce que je n'en étais pas le centre… Mais cela est bien faux, la vérité est que je voulais plus que tout te plaire et que je savais que tu préférais la féminité à toutes les autres formes d'intelligence chez les femmes.

– *Elle aurait été capable de me rejoindre à Elbe…*

Oui, je me serais rendue à l'île d'Elbe, si j'avais pu, si on ne m'avait tenue à l'écart des événements, mais ce rôle revenait à Marie-Louise. *« C'est à présent que je lui porte envie. Elle, au moins, pourra s'enfermer avec toi. »* Marie Walewska, quant à elle, est bien capable de t'y retrouver.

– *Sire, elle s'est éteinte vêtue d'une robe blanche couverte de nœuds en satin rose, apprêtée comme si elle allait dîner avec vous.*

– *Incomparable Joséphine… elle a trouvé la force de se vêtir, coquette jusqu'au dernier instant…*

– *Elle portait au doigt un petit saphir et son anneau de mariage…*

– *Le petit saphir fut mon premier cadeau, sur l'anneau j'avais fait graver : « Au destin ! », j'ai fait d'elle une reine, mieux, une impératrice…*

– *Elle vous réclamait, Mlle Avrillion lui expliqua que vous étiez loin, alors l'impératrice renvoya tout le monde, fit appeler son fils pour ses derniers instants. Le prince et l'impératrice demeurèrent seuls dans la chambre.*

– Qu'est-ce qu'ils se sont dit ?

– Je ne sais pas, Sire…

– L'impératrice a toujours partagé ses peines et ses joies avec ses enfants, Eugène était son conseiller, son importance a dû s'accroître après notre séparation.

– Notre douce impératrice a expiré dans ses bras…

Le médecin se tait. Tu marches le long de la pièce, et je t'entends dire, doucement entre tes lèvres, ces mots audibles rien que pour moi : *C'est la femme que j'ai le plus aimée*.

Une voix céleste était venue me réconforter : tu m'aimais donc au-delà du trépas ?

Je me suis réveillée de ce cauchemar, honteuse de la façon dont je me rendais justice, mais délestée un peu de ma souffrance. Comprends-tu, on m'avait tellement critiquée que je plaidais ma cause perdue devant toi, devant Dieu, devant moi qui m'accusais, devant le tribunal de l'Histoire qui m'avait condamnée.

Je sais que tu m'as aimée, et j'en suis fière, un homme comme toi n'aime pas sans raison : là demeure mon seul titre de gloire.

Bonaparte, j'ai si mal à la gorge que je ne peux plus me nourrir. J'ai pourtant fait bonne figure hier à table. Il me sera impossible de recommencer ce soir. Est-ce que ce drôle de rêve serait prémonitoire ? Sauf que tu ne seras pas là… Es-tu toujours à Elbe, le regard perdu sur la mer Tyrrhénienne ?

Quelle tristesse de mourir loin de toi. La mort serait plus douce dans tes bras. Bonaparte, je ne sais si je l'ai déjà écrit dans ce petit cahier, mes idées s'embrouillent, je me sens au bout de mon chemin de vie, mais j'ai encore des choses à te dire… J'imagine des lauriers-roses et des palmiers autour de toi.

Il faut que je m'interrompe. Un médecin frappe à ma porte. Serait-ce Corvisart avec des ventouses qui ne servent qu'à me faire mal et peut-être à me sentir vivante par la douleur ? Mon corps s'ankylose, l'affreuse mélancolie me submerge, mais je n'ai pas peur, tu m'as appris le courage, peut-être ai-je enfin acquis la *force d'âme* ?

Je reviendrai te parler dans la nuit, quand ils seront tous partis, quand je serai seule avec toi, quand je pourrai continuer à t'offrir le fond de mon cœur, à rattraper le temps de mon silence, s'il n'est pas trop tard.

Bonsoir, Bonaparte… Adieu… Où que tu sois, pense que ta pauvre Joséphine t'aurait rejoint si elle avait pu. Serre-moi contre ton corps de toutes tes forces pour m'en donner un peu. À tout à l'heure peut-être… à tout à l'heure si Dieu me prête vie…

N'oublie pas ta Joséphine.

Joséphine s'est éteinte au château de la Malmaison le 29 mai 1814 à midi.

BIBLIOGRAPHIE

BAINVILLE, Jacques, *Napoléon*, « Texto », Tallandier.

BALZAC, Honoré de, *Napoléon*, « Petite Bibliothèque », Payot.

—, *Une ténébreuse affaire*, Folio.

BRANDA, Pierre, *Les Secrets de Napoléon*, « La librairie », Vuibert.

CASTELOT, André, *Bonaparte*, Perrin.

—, *Napoléon*, Perrin.

CHASTENET, Geneviève, *Marie-Louise l'otage de Napoléon*, Perrin.

CHEVALIER, Bernard, *Douce et incomparable Joséphine*, « Petite Bibliothèque », Payot.

CHEVALIER, Bernard, et PINCEMAILLE, Christophe, *L'Impératrice Joséphine*, « Petite Bibliothèque », Payot.

DECOURS, Catherine, *Juliette Récamier*, Perrin.

DIESBACH, Ghislaine de, *Mme de Staël*, « Tempus », Perrin.

DUCREST, Georgette, *Mémoires sur l'impératrice Joséphine*, « Temps retrouvé », Mercure de France.

DUFRESNE, Claude, *Bonaparte amoureux*, Bartillat.

—, *Marie Walewska*, Pygmalion.

EGNELL, Erick, *Une femme en politique. Germaine de Staël*, Éditions de Fallois.

ERICKSON, Carolly, *Joséphine de Beauharnais* (traduit de l'anglais par Jean-Baptiste Grasset), Grasset.

GALLO, Max, de l'Académie française, *Napoléon*, Pocket.

GISCARD D'ESTAING, Valéry, de l'Académie française, *La Victoire de la Grande Armée*, Plon.

GRÈCE, Michel de, *L'Ogre*, Éditions Olivier Orban.

GUENIFFEY, Patrice, *Bonaparte*, Gallimard.

—, *Histoire de la Révolution et de l'Empire*, « Tempus », Perrin.

HAUSMAN, Gérald et Loretta, *Les Roses de l'Impératrice*, Flammarion.

KAUFMANN, Jean-Paul, *La Chambre noire de Longwood*, « Folio », Gallimard.

KERTANGUY, Inès de, *Madame Campan*, Tallandier.

LAS CASES, comte de, *Le Dernier Voyage de Napoléon de Paris à Longwood*, Éditions France-Empire.

LE NABOUR, Éric, *Napoléon et sa famille. Une destinée collective*, Perrin.

LENORMAND, Marie-Anne Adélaïde, *Mémoires historiques et secrets de l'impératrice Joséphine : Marie-Rose Tascher-de-la-Pagerie, première épouse de Napoléon Bonaparte*, tome II.

LES ACADÉMICIENS RACONTENT, *Napoléon, l'intime et l'exceptionnel* (préface de Jean Tulard), Flammarion.

LÉVY, Arthur, *Napoléon intime*, Éditions Laville.

Mémoires anecdotiques sur l'intérieur du palais et sur quelques événements de l'Empire, L.-F.-J de Bausset-Kessinger Legacy Reprints.

Mémoires complets et authentiques de Laure Junot, duchesse d'Abrantès, tome IV, première édition, Jean de Bonnot Éditeur, 1967.

Mémoires de Barras, « Le Temps retrouvé », Mercure de France.

Mémoires de la Reine Hortense, « Le temps retrouvé », Mercure de France.

Mémoires de Madame de Rémusat, « Le Temps retrouvé », Mercure de France.

Mémoires de Mademoiselle Avrillion, première femme de chambre de l'impératrice Joséphine, « Le temps retrouvé », Mercure de France.

Mémoires du général de Caulaincourt, tomes I et II, Éditions des Équateurs.

Mémoires intimes de Napoléon Ier par Constant, son valet de chambre, tomes I et II, « Le temps retrouvé », Mercure de France.

MESSADIÉ, Gérald, *Joséphine, l'obsession de Napoléon*, Éditions L'Archipel.

NAPOLÉON ET JOSÉPHINE, *Correspondance, lettres intimes*, Éditions SPM / Pierrelongue.

PAGÉ, Sylvain, *Le Mythe napoléonien. De Las Cases à Victor Hugo*, CNRS Éditions.

ROUART, Jean-Marie, de l'Académie française, *Napoléon ou la destinée*, Gallimard.

SOREL, Alexandre, *Le Couvent des Carmes et le séminaire de Saint-Sulplice pendant la Terreur*, Librairie académique Didier, 1864.

TULARD, Jean, de l'Institut, *Le Dictionnaire amoureux de Napoléon*, Plon.

—, *Napoléon. Les grands moments d'un destin*, Fayard.
TURGNAN, Joseph, *L'Impératrice Joséphine, d'après les témoignages de ses contemporains*, Hachette Livre, 1896.
WAGENER, Françoise, *L'Impératrice Joséphine*, « Tempus », Perrin.
WINOCK, Michel, *Madame de Staël*, « Pluriel », Hachette.
YVERT, Benoît, *La Restauration*, CNRS Éditions.
ZWEIG, Stefan, *Fouché*, Livre de poche.
—, *Marie-Antoinette*, Livre de poche.

DU MÊME AUTEUR

Aux Éditions Albin Michel

LE COLLECTIONNEUR, 1993.

L'ÂME SŒUR, 1998.

L'ATTENTE, 1999.

J'ÉTAIS L'ORIGINE DU MONDE, 2000.

FRINGUES, 2002.

LE SILENCE DES HOMMES, 2003.

LA MÉLANCOLIE DU DIMANCHE, 2004.

DEUX FOIS PAR SEMAINE, 2005.

PETITES PHRASES EN CAS DE TEMPÊTE... ET PAR BEAU TEMPS AUSSI, 2007.

LA VIE M'A DIT, 2009.

N'OUBLIE PAS D'ÊTRE HEUREUSE, 2009.

LE COLLECTIONNEUR (en collaboration avec Olivier Orban), théâtre, 2010.

LE PAYS DE L'ABSENCE, 2011.

VIRGINIA ET VITA, 1990, 2012.

Chez d'autres éditeurs

LES PETITES FILLES NE MEURENT JAMAIS (sous le nom de Christine Rheims), éd. Jean-Claude Lattès, 1986.

LE FIL DE SOI, éd. Olivier Orban, 1988.

LA FEMME ADULTÈRE, éd. Flammarion, 1991.

UNE FOLIE AMOUREUSE (en collaboration avec Olivier Orban), éd. Grasset, 1997.

UNGARO, éd. Assouline, 1999.

Composition IGS-CP
Impression CPI Bussière en avril 2014
à Saint-Amand-Montrond (Cher)
Éditions Albin Michel
22, rue Huyghens, 75014 Paris
www.albin-michel.fr

ISBN : 978-2-226-25825-0
N° d'édition : 21310/01. – N° d'impression : 2008887.
Dépôt légal : mai 2014.
Imprimé en France.